ロラン・バルト

テクストの楽しみ

鈴村和成訳

みすず書房

LE PLAISIR DU TEXTE

by

Roland Barthes

First published by Éditions du Seuil, Paris, 1973
Copyright © Éditions du Seuil, 1973
Japanese translation rights arranged with
Éditions du Seuil, Paris through
Le Bureau des Copyrights Français, Tokyo

テクストの楽しみ

わが生涯における唯一の情熱は恐怖であった。

ホッブズ

テクストの楽しみ。ベーコンにならった人のように、こう言うことができる、——けっして言い訳しないこと、けっして弁明しないこと。なにひとつけっして否定しないのだ。「私は視線をそらす。今後、それが私の唯一の拒否となろう」〔ニーチェ〕。

＊＊＊

ある人物のフィクション（さかさまのテスト氏ともいえる）。彼は自身のうちから、バリアや、階層や、排除を、除去するだろう、——それも融合の精神によってではなく、ただ単に、論理の背反と称する、あの古臭い亡霊を追い払うことによって。たとえ相いれないとみなされるものであっても、彼はあらゆる言語を混ぜあわせるだろう。彼は不合理だとか、無節操だとかといった、あらゆる非難に口をつぐんで耐えるだろう。ソクラテスのあのアイロニー（自分に反したことを言わせて、恥辱の上塗りに相手をみちびくものだ）や、合法的な恐怖（心理的一貫性を根拠とする刑事上の証拠がなんと多いことか！）を前にしても、まったく動じないだろう。こういう人物は私たちの社会の汚辱となろう。法廷も、学校も、老人ホームも、おしゃべりも、彼を異邦人あつかいするだろう。だれが屈辱をおぼえずに自己矛盾に耐えられようか？　ところがである、こんなアンチ・ヒーローが存在するのだ、——それはテクストを前にして楽しみを味わう読者である。すると、聖書の古い神話はひっくり返される。国語の混乱はもはや罰を喰わない。諸言語がならんで仕事をする、そんな共存によって、主体は歓びに達する。テクストの楽しみ、それは幸福なるバベルである。

（楽しい／歓び。専門用語としては、これはまだ揺れ動いている。私はつまずき、混乱する。どんな場合でも、いつでも未決定の余白があるだろう。差別というのは確実なクラスわけの源ではない。パラダイムは軋む。意味は不安定で、とり消すことができ、可逆的なものとなる。言説は不完全なものとなろう）。

⁂

もし私が、しかじかの文章、しかじかの物語、さもなければ、しかじかの言葉を、楽しんで読むとするなら、それはそれらの文章なり、物語なり、言葉なりが、楽しんで書かれたからである（この楽しみは作家(エクリヴァン)の洩らす嘆き節と矛盾するものではない）。しかし、逆の場合はどうか？――楽しみのなかで書くことは、私に約束してくれるだろうか――私という作家(エクリヴァン)に――わが読者たちの楽しみを？　けっしてそんなことはない。わが読者を、私は探さなくてはならない（彼を〈クルージング〉しなくてはならない）、彼がどこにいるかは分からないけれど。歓びの空間がこうしてかたちづくられる。私にとって必要なのは相手の〈人格(ペルソナ)〉ではない。必要なのはサイトである。欲望の弁証法の、歓びの予測不能な可能性が必要なのだ。賭けに終わりがありませんように。賭けが起こりますように。

あるテクストが私に示される。そのテクストは私をうんざりさせる。まるで*ぺちゃくちゃしゃべっている*みたいだ。テクストのおしゃべりだ。こういうのはただ単に言葉の泡であって、なにか書きたいという単なる必要の結果生じるものなのだ。ここでは人は倒錯のうちにあるのではない。要求のうちにあるのだ。そういうテクストを書くとき、ライターは乳飲み子の言語を使っている。強制的で、オートマティックで、愛情がない。ちゅっちゅっと吸う、ちょっとした破壊音みたいなものだ（卓越したイエズス会士の言語学者ファン・ヒネケンがエクリチュールと言語のあいだに設けた乳臭い音素である）。それは対象もなく乳を吸う運動、無関心な口唇性の運動であり、美食と言語の楽しみを生み出す口唇性とは無縁のものなのだ。読んでくれと言ってあなたは私に言葉をかける。しかし私はあなたにとってそういう宛先（アドレス）でしかない。私はあなたの目になんの形代(かたしろ)にもならない。私はいかなる姿(フィギュール)をも持たない(かろうじて〈母〉の姿(フィギュール)があるだけだ)。私はあなたにとって身体でもなければ、オブジェでもない(私にとってはどうでもいいことだ。私のうちなる魂が感謝を要求しているわけではない)。そうではなくて、単にフィールドであり、発展のチャンスなのだ。最終的に言えることは、このテクストを、あなたはあらゆる歓びと無関係に書いたということなのだ。そしてこのおしゃべりのテクストとはつまるところ、あらゆる要求がそうであるように、冷感症のテクストであって、そこに欲望が、神経症が生じることはないのだ。

神経症は最後の手段だ、——〈健康〉の問題ではなく、バタイユのいわゆる〈不可能〉の問題として〈「神経症は不可能の底部から発する、おずおずとした不安だ」云々〉。しかしこの最後の手段は、書くこと（そして読むこと）をゆるす唯一の手段なのだ。かくして人はつぎのパラドクスにいたる、――バタイユや――他の作家――のテクストは、神経症に逆らって、狂気のただなかで書かれ、そのテクストのうちに、*もしそれが読まれることを欲するなら*、読者を誘惑するのに必要な、ほんの少量の神経症を有する。こういう恐るべきテクストは、*それでもなお*コケティッシュなテクストなのである。

あらゆる作家（エクリヴァン）は、そんなわけで、こう言うだろう、――「狂人たる能わず、健全たるに及ばず、われは神経症なり」と。

あなたが書くテクストは、それが私を欲望する証拠を私に与えてくれなくてはならない。この証拠は存在する、——エクリチュールである。エクリチュールとはこれだ、——言語の歓びの学であり、そのカーマスートラである（この学に関しては、ただひとつの論証しかない、エクリチュールそれ自身である）。

⁂

サド——読むことの楽しみはあきらかに、ある種の決裂から生まれる（あるいは、ある種の衝突から）。相反するコード（一例が貴族と賤民）が接触する。仰々しく荒唐無稽な新語（ネオロジズム）が創造される。ポルノグラフィックなメッセージがとても純粋なフレーズの型に入れてつくられるようになるので、それを文法のお手本だと受けとる人も出てくる。テクストの理論が言うように、国語は再分配される。ところで、この再分配はつねに切断によってなされる。二本のボーダーが引かれる、——おとなしい、順応的な、剽窃からなるボーダー（学校や、文法書や、文学や、教養によって規定された、規範的な状態において、国語をコピーすることが問題となるような）と、もう一本のボーダー、動いていて、空虚で（どんな輪郭でも取ることができて）、その結果生まれた場所でしか断じてありえぬボーダー。そこにおいて言語の死がかいま見られるところ。これら二本のボーダー、それが舞台に上（のぼ）せる巻き添えの状態が、必要とされる。文化やその破壊がエロティックなのではない。エロティックになるのは、その双方の裂け目なのだ。テクストの楽しみは、こうした把捉しがたい、不可能な、純粋にロマネスクな瞬間に似ている、——放蕩者が大胆な謀略の果てに、歓びを味わいつつ、綱を切らせて自分の首を吊る瞬間に。

ここから、おそらく、現代の作品を評価する手だてが生じる。それらの作品の価値はその表裏二面の性格に由来するだろう。このことによって現代の作品はいつでもふたつのボーダーを有すると考えなければならない。顚覆するボーダーが特権的なあつかいを受けるとみなされる。なぜならそれは暴力のボーダーであるからだ。しかし楽しみの特徴をなすのは暴力ではない。破壊が楽しみを引き寄せるのではない。楽しみが求めるのは、放心の場なのだ。歓びの核心において主体をとらえる裂け目であり、切断であり、デフレーションであり、フェイディングなのだ。文化はかくして境界（ボーダー）として再来する、——いかなる形態を取ろうとも。

わけても、明白なことには（ここでこそ、ボーダーがもっともくっきりするだろう）、国語、その語彙、その詩法、その韻律論といった、純粋に物質性の形態のもとに、再来する。フィリップ・ソレルスの『法』では、いっさいが攻撃され、破壊される、——イデオロギーの構築物も、知的な堅固さも、慣用語の分離も、シンタクス（主語／述語）の神聖視される骨組みさえも。テクストはもはや文（フレーズ）をモデルとしない。それはしばしば言葉の強力な噴出であり、下位（インフラ）＝国語の帯なのだ。しかしながら、これらすべてはもう一方のボーダーに衝突しにやって来る、——韻律の（十音綴の）、半諧音の、もっともらしい造語の、韻律法にかなったリズムの、（引用による）些末主義のボーダーに。国語の破壊は政治的言い回しによって切断される、——記号（シニフィアン）の主体の非常に古い文化に縁どられて。

セベロ・サルドゥイ［キューバの小説家。パリで活躍。1937～93］の『コブラ』（ソレルスと作者の翻訳）にあっては、競り上げの状態にある二種の快楽のあいだで交代がおこなわれる。別のボーダー、それは別の幸福。もっと、もっと、もっと沢山の！　もっと別の言葉、もっと別の祭りを。言語のあらゆる楽しみで急きたてられた流れによって、国語は他の場所で再構成される。他の場所で、とは、どこで？　言葉の楽園で。これこそはまさしく楽園のテクスト、ユートピアの（どこでもない）テクスト、充溢による異型学である。あらゆる記号の主体はここにあり、それぞれが的を突く。作者は（読者は）こう言っているようだ、——「僕はきみたちみんなが好きだ」（言葉、言い回し、フレーズ、形容詞、切れ目、ごっちゃにして、記号も、記号が表現する物の蜃気楼も）。一種のフランチェスコ教団の呼びかけのもと、あらゆる言葉が提示され、押し合いへし合い、再出発してゆく。縞模様の、まだらのテクストである。私たちは言語で満たされる、——なにもけっして拒まれず、とがめられず、あるいは、もっと悪いことには、〈許され〉ない、小さな子どものように。それはたえざる大喜びの賭けであり、その過剰によって、言葉の楽しみが息をつまらせ、歓びのうちにひっくり返る瞬間である。

フロベール。言説を気ちがいじみたものにすることなしに、言説を切断し、穴をうがつ方法。
なるほど、レトリックは構成の切断（破格構文）とか従属の切断（連結辞省略）を認める。しかし、はじめてフロベールとともに、切断は例外的なものでも、偶発的なものでも、目立つものでもなくなり、普通の文面の卑俗な材質に嵌め込まれることになった。そういう形象（フィギュール）の手前にもはや国語があるわけではない（これは換言すれば、もはや国語しかない、ということである）。一般化した連結辞省略があらゆる言表をとらえる。その結果、こうした言説は非常に読みやすくて、隠密のうちに想像しうる限りでもっとも狂ったものの一例となる。あらゆるロジックの小さな貨幣は隙間のうちに存する。

　これこそが言説の微妙な、ほとんど保つのが困難な状態である。話法は解体されているにもかかわらず、物語は読みうるものとなる。切れ目の二本のボーダーがこれほど明瞭で、これほど微細であったことはなく、楽しみがこれほど読者に提供されたこともない――すくなくとも読者が注意深い裂け目とか、細工された順応主義、間接的な破壊への趣味の持ち主であるなら。そのうえ、ここでは成功は作者に帰しうるのであるから、パフォーマンスの楽しみがここにつけ加えられる。勲功は言語のミメーシスを保つことであり（言語はそれ自身を模倣する）、これがかくも根底的にあいまいな（根元にいたるまであいまいな）仕方で、大きな楽しみの源となる。かくしてテクストはけっして〈去勢する笑い、〈笑わせるコミック〉の〉パロディという善意（そして自己欺瞞）の罠にかからないのである。

身体のもっともエロティックな部分とは、衣服が口をあけるところではないだろうか？　倒錯においては（これがテクストの楽しみの体勢である）、〈性感帯〉（それにしても、かなり厄介な表現だ）というものはない。いみじくも精神分析が言うように、エロティックなのは間歇性なのだ。二着の衣服（パンタロンとかセーターとか）のあいだで、ふたつの縁（ボーダー）（はだけたシャツ、手袋と袖）のあいだで、きらめく肌の間歇性。誘惑するのは、このきらめきそのもの、さらにいうなら、現れること―消え去ることの演出である。

ここで問題になるのは肉体のストリップティーズや物語のサスペンスの楽しみではない。いずれの場合においても、裂け目はない、ボーダーはない。あるのは漸進的なヴェールをとり去ることだけである。すべて興奮というものは、性器を見る（学校の生徒の夢だ）、あるいは物語の結末を知る（ロマネスクな満足だ）という*希望*に尽くされる。逆説を弄すれば（というのも、これがマスの消費の楽しみであるから）、これはもうひとつの快楽よりずっと知的な快楽なのである。すべての物語（すべての真理のヴェールをとり去ること）は、〈父〉（不在であるか、隠されているか、実体化されるか）を舞台に上せることである、というのが真実であるなら、これはオイディプの快楽（裸にする、認識する、源と結末を知る）であって、――このことは、私たちの場合、息子たちに衣服を掛けられたノアの神話にすべからく集約される、物語形式や、家族構造や、裸体の禁止などの、緊密なつながりを説明するだろう。

しかしながら、もっともクラシックな物語（ゾラ、バルザック、ディッケンズ、トルストイの小説）も、その物語のうちに、一種の弱められた分語法［合成語分割］を有する。私たちはこれらすべてをおなじ読書の強度をもって読むわけではない。無造作で、テクストの完全性に関しては敬意の欠ける、あるリズムが成立する。知りたいという貪欲さそのものが、（〈退屈〉だと予感される）いくつかのパッセージを飛びこしたり、またいだりするよう、私たちをいざなってゆく。できるだけ早く挿話の白熱した場面（それはつねに物語の関節であり、謎あるいは運命の暴露を進ませるものだ）を見つけようというのである。私たちは罰せられることなく（だれも見てやしないのだ）描写や、説明や、考察や、会話を飛ばしてしまう。そういう場合、私たちはキャバレーの客に似ている。舞台にあがって、ダンサーの服を早く脱がせ、ストリップを急がせる、あの観客だ。とはいえ順番にしたがって、である。すなわち、儀式のエピソードを、（ミサをむさぼるように終える司祭さながら）一方では尊重し、他方では急がせるのだ。分語法とは、楽しみの源泉であり、形象（フィギュール）であって、ここで散文のふたつのボーダーを向かいあわせる。分語法は、秘密を知るのに役立つことと、それに役立たないことを対立させる。それは単なる機能性の原則から派生した断層である。この断層は言語の構造からじかに生じるのではない。そうではなくて、言語を消費する瞬間にのみ生じる。作者にはこれを予見できない。作者は人が読まないだろうものを書こうとすることはできない。そうはいっても、大いなる物語の楽しみを生むのは、読むことと読まないことのリズムそのものなのである。プルーストや、バルザックや、『戦争と平和』を、一語一語読む者がいるだろうか？（プルーストの幸運――一度読んで、つぎに読むとき、おなじパッセージを飛ばすことはけっしてない）。

私が物語において味わうものは、それゆえ、直接にその内容でもなければ、その構造でさえない。むしろ、美しい包装に私が押しつける擦り傷である。私は走ったり、跳んだり、頭をあげたりする。私はまた没入する。こういう飛ばし読みは、歓びのテクストが――読書の単なる時間性ではなく――言語そのものに刻印する深い裂け目とは、いささかも関係のないことなのだ。

ここから読書の二種の姿勢が生まれる。ひとつは直接、挿話(アネクドート)の文節に向かう。こういう読書はテクストのひろがりを考慮するが、言語の遊戯を知らない（ジュール・ヴェルヌを読む場合、私は早く進む。私は論述を見失う。それでも私の読書はいかなる言葉の沈降点――洞穴学でこの語が持ちうる意味において――にも魅せられることはない）。もうひとつの読書においては、なにもパスすることはない。この読書はテクストの重さをはかり、それに接着する。それは、もしそういってよければ、熱心に読み、かつ夢中で読む。テクストの各ポイントにおいて言語を切断する連結辞省略をとらえ、――アネクドートをとらえることはしない。この読書を魅するのは、（論理的な）発展や、真理の剥離ではなく、生成する意味(シニフィアンス)の薄層である。目隠し鬼ごっこにおけるように、興奮は、つぎからつぎへと急かせることによってではなく、一種の言葉の垂直の大騒ぎ（言語とその破壊の垂直性）から生まれる。各人の（別の）手がもうひとつの手を打つとき（ひとつの手のあとに別の手が来るのではなく）、穴が生じ、遊戯の主体――テクストの主体――をはこび去る。ところで逆説的には（通説では、退屈しないためには早く読めばいいとされるのだが）、この第二の読書、（語の真の意味で）熱心な読書は、現代のテクスト、リミットとしてのテクストにふさわしいものなのである。ゾラの小説をゆっくりと、隅から隅まで読んでご覧なさい。本はあなたの手から落っこちてしまうだろう。現代のテクストを素早く、拾い読みしてご覧なさい。そういうテクストは不透明になり、あなたの楽しみにとって閉じられたものになるだろう。あなたはなにかが起こることを期待する。そしてなにも起こりはしない。というのは、言語に起こることはストーリーには起こらないからである。〈起こる〉こと、〈過ぎ去る〉こと、ふたつのボーダーの断層、歓びの隙間は、言語のヴォリュームにおいて、言表において、生ずるのであって、文面のつながりから生ずるのではない。むさぼらないこと、呑み込まないこと。そう、草を食むこと、綿密に刈り込むこと。これら今日の作者を読むためには、昔の読書の閑暇を見出すこと。貴族的な読者になることである。

⁂

テクストを楽しみに応じて判断するというのなら、こんなふうに言ってすますわけにはいかない、——これは良い、これは悪い、と。受賞作は決められないし、批評することもできない。なぜなら批評というものはつねに、技術的な狙いや、社会的な礼儀、多くの場合、想像上の口実を含むものだから。このテクストは完全なものになる余地があり、これはあまりにこれであり過ぎるとか、これは充分にあれではない、といったふうに、規範的な述語の戯れで片づけて、配分したり、想像したりすることのできるものではない。テクストは（歌う声についても同様なのだが）、まったく形容を含まない判断しか、私から抽き出すことはできない、——「これ、これですよ！」、さらにまた、——「私にとって、これですよ！」。この「私にとって」は、主観的なものでもなければ、実存的なものでもない。ニーチェ的なものである（「……根底において、つねにおなじ問いだ、――私にとって、これはなんなのか?……」)。

テクストの活気(ブリオ)(実際、これがなければ、テクストは存在しない)。それはテクストの歓びへの意志であるだろう。そこにおいてはじめて、テクストは要求を超え、おしゃべりを超越する。そうすることによって、テクストは溢れ出し、形容詞の支配を突破しようとこころみるのだ。形容詞こそは言語の例の戸口であって、そこからイデオロギー的なるもの、想像界(イマジネール)が、大波となって流れ込んで来るものなのである。

⁂

楽しみのテクスト——満足させ、満たし、幸福感を与えるもの。文明からやって来て、文明と決裂することなく、読書の心地よい実践とむすばれるもの。歓びのテクスト——放心の状態におくもの、意気阻喪させるもの（おそらくある種の倦怠（アンニュイ）にいたるまで）。読者の、歴史的、文明的、心理的な基底だとか、その趣味、その価値観、その記憶の一貫性を揺り動かすもの、読者と言語の関係を危機に落とし入れるもの。

ところで、その視野のうちに二種のテクストを保つ人、その手のうちに楽しみと歓びの手綱を保つ人、そういう人はアナクロニックな主体である。というのはその人は、あらゆる文明の深淵な快楽主義（ヘドニズム）（この快楽主義は、古い書物がその一翼を担う人生の処方という装いのもとに、読者のうちに穏やかに入ってくるものなのだ）と、この文明の破壊に、矛盾しつつ同時に参画するからである。彼はみずからの私の一貫性を享受し（それが彼の楽しみだ）、かつ、その喪失を求める（それが彼の歓びだ）。それは二度にわたって穴をあけられた主体であり、二度にわたって倒錯した主体なのだ。

＊＊＊

テクスト友の会。——そのメンバーは敵対者を別にすれば共通点を持たない（なぜなら、楽しみのテクストに関してはかならずしも共通の賛同を得られるわけではないのだから）。敵対者とは、テクストとその楽しみの排除を宣言する、あらゆる種類のうるさ型である、——文化的な順応主義による者にせよ、一徹な合理主義（文学の〈神秘主義〉を疑う）による者にせよ、政治的なモラリズムによる者にせよ、記号表現(シニフィアン)の批評による者にせよ、愚かしい実用主義による者にせよ、道化た愚行による者にせよ、言葉の欲望の喪失にひとしい、言説の破壊をこととする者にせよ。かくしてテクスト友の会は存在しないだろう。それはまったき一所不住(アトピー)においてしか活動しえないだろう。けれどもそれはある種のファランステール［フーリエが唱えた共同体］ではあるだろう。というのは、矛盾がそこでは認められるであろうから（それゆえ、イデオロギーによる欺瞞のリスクは制限される）。差異は大切にされ、諍(いさか)いは（楽しみを生産するものではないゆえに）、無意味なものとして罰せられるから。

「どうか差異が諍(いさか)いに代わって、ひそかに滑り込んでくれますように」。差異は諍いを隠蔽したり、やわらげたりするものではない。差異は諍いで勝ちとられるものだ。

差異は諍いの彼方、そのかたわらにある。諍いは差異のモラル面以外のなにものでもないだろう。諍いが（現実の状況を改変しようと目ざす）戦術的なものではないときにはいつでも（そしてそういうことは頻繁に起こる）、諍いのうちに人は摘発することができる、——歓びの欠如を、おのれ自身の規範（コード）のもとに平板化し、もはや創意もかなわぬ倒錯の失敗を。諍いはいつでもコード化される。攻撃は言語のもっとも使い古されたものでしかない。暴力を拒否することによって、私が拒否するのは規範（コード）そのものである（サドのテクストにおいては、それはあらゆるコードの外にある。なぜならサドのテクストはたえずそれ自身のコードを、それだけを、創出しつづけるのだから。諍いはなく、凱旋しかないのだ）。私がテクストを愛するのは、それが私にとって言語のまれな空間であるからだ。そこには、あらゆる〈痴話喧嘩〉（言葉の家庭内とか夫婦間といった意味において）、あらゆる口論が存在しないからだ。テクストはけっして〈ダイアローグ〉であることはない。フェイントをかけたり、攻撃したり、恫喝したりするリスクはない。いかなる個人言語のライバルもない。テクストは人間関係の——流通している——ふところにおいて、一種の小さな島を創設し、楽しみの非社会的な性質（ただレジャーだけが社会的なのだ）をあきらかにし、歓びのスキャンダラスな真相をかいま見させてくれる。歓びは、口語（パロール）のあらゆる想像的なるもの（イマジネール）が廃棄されるとき、ニュートラルでありうるのだ。

⁂

テクストの舞台においては、客席とのあいだに欄干はない。テクストの背後にだれか能動的な人物（作家）がいるわけではないし、テクストの前にだれか受け身の人物（読者）がいるわけでもない。主体もいなければ、客体もいない。テクストは文法的な態度を失効させる。それは無差別な眼であって、これについて、ある並外れた著述家（アンゲルス・シレジウス［ドイツ・バロック時代の神秘主義者。1624～77］）は、こう語っている、——「私が神を見る眼は、神が私を見る眼とおなじ眼である」。

アラビアの碩学は、テクストについて語るとき、こういう賛嘆すべき表現を用いるという、——たしかな身体、と。どんな身体か？ 私たちは多くの身体を持つ。解剖学者や生理学者の身体、科学が見、語るところの身体、——これは文法学者の、批評家の、注釈者の、文献学者のテクストだ（それは現象(フェノ)としてのテクストである）。しかし私たちはまた、エロティックな関係をもっぱらとする歓びの身体を持つ。これはいま言った身体とはいかなる関連もない。それは別の切り分けであり、別の命名である。テクストとはそのようなものだ。それはまさに言語の火の開かれたリストである

〈これらの生きた火、これらの間歇的な光芒、これらのぶらつく者たちの線、精子のようにテクストに配布されて、私たちにとって分かりやすくいえば、〈永遠の種子（セミナ・アエテルニタティス）〉、〈火花（ゾピラ）〉といった、古代哲学の基本的な前提、共通の概念の代わりをなすもの〉。テクストは人間のかたちをしている。それは形象（フィギュール）なのか？　身体のアナグラムか？　そうだ、ただし私たちのエロティックな身体のアナグラムなのだ。テクストの楽しみは〈現象（フェノ）としてのテクストの〉文法的な機能に還元できないであろう、――身体の楽しみが生理的な欲求に還元できないように。

テクストの楽しみ、それは私の身体がそれ自身の思念にしたがおうとする、この瞬間のことなのだ――なぜなら、私の身体は私とおなじ思念を持たないから。

⁂

説明される楽しみ（夢の話やパーティの話の退屈さ）から、いかにして楽しみを手に入れるか？　いかにして批評を読むか？　唯一の手段がある。というのは、ここでは私は第二次の読者なのだから、ポジションを移すだけでいい。批評のこうした楽しみ、そのうち明け話を甘んじて聞くのではなく――それはまちがいなく楽しみに失敗するやりかただ、――私は楽しみの覗き屋になればよい。私はひそかに他人の楽しみを観察する。私は倒錯行為に耽る。注釈はそういう場合、私にとってテクストになり、フィクションになり、裂けた皮膜になる。これは作家（エクリヴァン）としての倒錯であり（作家（エクリヴァン）

の書く楽しみに任務があるわけではない)、批評家とその読者の、二重、三重の倒錯であって、それが切りなくつづくのだ。

楽しみをあつかうテクストは短いものにならざるをえない(ちょうど人が「これだけ? ちょっと短いな」と言うように)。というのは、楽しみというものは間接的な権利の要求をとおしてしか口にされえないものであるから(私にも楽しみにたいして権利がある)、人は短い弁証法から脱することができない、それも二回にわたって、——一回目はドクサ、すなわち世論の回に。二回目はパラドクサ、すなわち異議申し立ての回に。第三回は欠けている、——楽しみとその検閲を除いては。この回は遅れてしかやって来ない。そして人が〈楽しみ〉という名称そのものに執する限り、楽しみに関するあらゆるテクストは、かならず遅滞せざるをえないだろう。それはけっして書かれることのないものへの導入部となるであろう。見たかと思うとたちまち、その必要性を汲み尽くしてしまう、現代芸術のあの制作におけるように（というのは、それらの現代芸術を見るということは、いかなる破壊的な目的にそれが供されているかを即座に理解することであるから。それらの現代芸術には、鑑賞のための、あるいは愉しみのための、いかなる持続ももはやありえないだろう）。かくのごとき導入部はくり返されるほかはないであろう、——なにひとつ導入することなく。

⁂

テクストの楽しみはどうしたって、勝ち誇った、英雄的な、筋骨逞しいタイプのものではありえない。そっくり返ったりする必要はない。私の楽しみは大いに漂流のかたちを取ってしかるべきだ。漂流は生起する、——私が全体なるものに考慮を払わないとき、いつだって。波に乗るコルクの栓さながらに、言語の幻覚や誘惑や威嚇の間に間に運ばれてゆくかと思われる結果、私をテクストに（世界に）結びつける、もてあつかいかねる歓びのうえでくるくる回り、まるで不動の状態にあるとき、いつだって。漂流はある、——社会的言語、社会言語が、私に欠けるとき（勇気が私に欠ける、と言うように）、いつだって。それゆえ、漂流の別名、それは〈あつかいかねるもの〉というのだろう——あるいはおそらくはまた、——〈愚かしさ〉と。

しかしながら、ここにいたって、漂流を語るとは、今日にあって自殺的言辞であるだろう。

⁂

テクストの楽しみ、楽しみのテクスト。こうした表現はあいまいだ。なぜなら、楽しみ（満足すること）と歓び（気を失うこと）をともにあつかうフランス語はないのだから。〈楽しみ〉はだから歓びにたいして、この場合（予告することはできないのだが）、あるときは外延的であり、あるときには対立的である。しかしこのあいまいさに関しては、私はなんとかやり繰りしなくてはならない。というのは一方では私は、テクストの超過に、テクストにおいて、あらゆる（社会的）機能、あらゆる（構造的）働きを超えるものに、みずから準拠せねばならないとき、そんなときにはいつでも、普遍的な〈楽しみ〉を必要とする。と同時に他方では、幸福感やら、満足やら、安楽（文化が自由に入り込む飽食の感情）やらを、歓びに特有なショックから、動揺から、放心から、区別しなくてはならないとき、そんなときにはいつでも、〈すべての――楽しみ〉の単なる一部分であるような、特殊な〈楽しみ〉を必要とするからである。私はこうしたあいまいさを強いられている。なぜなら私は〈楽しみ〉という言葉から、私のさしあたって望まない意味をとり去ることができないからだ。私はフランス語の〈楽しみ〉が同時に、普遍性（〈快原理〉）と卑小化（「愚か者どもがここではわれらの些細な楽しみのために存在している」）を指すのをさまたげることができない。私はかくしてわがテクストの言い回しが矛盾に入り込むのを余儀なくされる。

楽しみは小さな歓びでしかないのか？　歓びは極端な楽しみでしかないのか？　楽しみは弱められ、受容された歓び――妥協の階梯をとおして派生したもの――でしかないのか？　歓びとは荒々しい、直接的な（媒介の存しない）楽しみでしかないのか？　回答（ウイかノンか）次第で、私たちの現代の歴史の語りかたが変わってくる。それというのも、もし私が楽しみと歓びのあいだには段階のちがいしかないと言うとすれば、またこうも言うことができるからである、――歴史は平和なものである、歓びのテクストとは楽しみのテクストの、論理的で組織的な、歴史的発展でしかない、と。アヴァンギャルドは過去の文化の、漸進的で、解放された形態以外のなにものでもない、と。今日は昨日から生まれる、と。ロブ＝グリエはすでにフロベールのうちにあり、ソレルスはラブレーに、ニコラ・ド・スタールの全画布はセザンヌの二㎠のうちにある、と。しかし、それとは反対に、もし私が楽しみと歓びは平行するふたつの力であって、互いにまみえることはできず、両者のあいだには戦闘以上のもの、コミュニケーションの断絶がある、と信じるならば、そのとき私はこう考えなければならない、――歴史は、われわれの歴史は、平和なものではないし、おそらく知的なものでさえない。歓びのテクストはいつでもそこではスキャンダル（躓き（つまずき））のようにして出現する。歓びのテクストはつねに切断の、断定の痕跡であり（成熟のそれではなく）、その歴史の主体（他のなににもまして私がその一員であるところのこの歴史の主体）は、過去の作品にたいする嗜好と現代の作品にたいする支持とを、ジンテーゼという弁証法の美しい運動において、真っ向から領導することによって、安んじていられるどころか、〈生きた矛盾〉以外のなにものでもなく、引き裂かれた主体となり、テクストをとおして、主体の自我の一貫性とその転落を、同時に享受する者となるほかないのである。

さて、ここに、精神分析に由来するもので、楽しみのテクストと歓びのテクストの対立を基礎づける間接的な方法がある。すなわち、楽しみは言い表しうるが、歓びはそうではない、というものだ。

歓びは言い表しえず、差し＝止められている。私はラカン（「注意すべきことは、歓びはありのままに語る者には言表されえず、あるいはまた、行間でしか言われえないということである……」）とルクレール（「……みずからの言葉で語る者には、歓びは禁じられている。あるいはこれと相関的にいえば、歓びを味わう者は、すべての文を――そして可能な限りのすべての言葉を――彼が礼讃する無化の絶対において、消滅させることになる」）の参照を勧める。

楽しみの作家（エクリヴァン）（そしてその読者）は文学を受け入れる。歓びを断念して、彼はこう言う権利と権能を有する、――文学は自分の楽しみである、と。言語（口語（パロール）ではなく）を愛するすべての人びと、あらゆる言語愛の人びと、作家（エクリヴァン）、書簡家、言語学者と同様に、彼は文学にとり憑かれている。楽しみのテクストについて、彼はだからこう言うことができる（歓びの無視に関しては、いかなる論争もない）、——「批評はいつでも楽しみのテクストを対象にして、けっして歓びのテクストを対象とはしない」。フロベール、プルースト、スタンダールは際限なく注釈される。かくして批評はチューターとなるテクストについて歓びは無効であると言う。歓びは過去か、未来のものだ、——「あなたはこれから読む、私はすでに読んだ」というわけだ。批評はつねに、歴史的であるか予測的であるかだ。確認されるべき現在、歓びの現在の呈示は、批評には禁じられている。批評の偏愛の素材はそれゆえカルチャーだ。そこではいっさいがわれわれの手中にある、——現在を除いては。

歓びの作家（エクリヴァン）（とその読者）とともに、手に負えないテクスト、不可能なテクストがはじまる。こういうテクストは、他の歓びのテクストによって侵害される以外は、楽しみの枠外、批評の枠外にある。あなたはそうしたテクスト〈について〉語ることができない。そうしたテクストの〈なかで〉語ることができるだけだ。そのテクストの流儀にしたがい、もの狂おしく剽窃に没入し、歓びの不在をヒステリックに確言するだけだ（楽しみの文学を偏執的にくり返すこともなく）。

⁂

あらゆる小さな神話は、楽しみ（奇妙なことにはテクストの楽しみ）は右翼の思想であると信じ込ませようとする。右翼のほうでも、同様の身振りでもって、抽象的で退屈な、政治的なもののいっさいを、左翼のほうへ追いやってしまう。そして楽しみは自分のためにとっておくというわけだ。われらの仲間にようこそ、あなたはとうとう文学の楽しみへいらっしゃいましたね！　そして左翼のほうでは、モラルの名において、（マルクスやブレヒトの葉巻は忘れてしまって）、ありとあらゆる〈快楽主義（ヘドニズム）の残滓〉を疑い、軽蔑するのである。右翼において楽しみは、知性や聖職に逆らって、要求される。これは頭ではなくて心を、理性ではなくて感覚を、〈冷たい〉〈抽象〉ではなくて〈熱い〉〈生〉を、という昔ながらの反動の神話だ。芸術家たるものは、ドビュッシーの不吉な教訓によれば、「つつましく楽しみを与えるよう努める」べきではないのか？ というのである。左翼においては、知識や、方法や、政治参加（アンガジュマン）や、闘争を、〈単なる娯楽〉に対立させる（しかしながら、もしも知識がそれ自体、甘美なものであるとしたら？）。両陣営において、楽しみは単純なものであるとする奇妙な偏見がある。それゆえ、人は楽しみを要求するか、それとも軽蔑するのである。楽しみはけれども、テクストの構成要素ではない。それは素朴な残りものではない。楽しみは理解や感覚のロジックに依拠するものではない。それは漂流だ。なにかしら革命的であると同時に反社会的なものであって、いかなる集団によっても、いかなるメンタリティーによっても、いかなる個人言語によっても、引き受けられるものではない。なにかしらニュートラルなもの？ お分かりのように、テクストの楽しみはスキャンダラスなものだ、——それが背徳的（インモラル）であるという理由によってではなく、一所不住（アトピック）であるという理由によって。

⁂

どうしてテクストにおいては、すべてのこうした言葉の贅（ぜい）があるのだろう？　言語の奢侈は、余剰の豊饒さや、無駄な蕩尽や、無条件の喪失の一部をなしているのだろうか？　偉大な楽しみの作品（一例がプルーストのそれ）は、エジプトのピラミッドとおなじエコノミーに属するのか？　作家（エクリヴァン）は今日では托鉢僧や、修道士や、坊主の、時代遅れな代用なのだろうか？　非生産的だが、食べさせてもらう存在なのか？　仏教のサンガと同様に、文学の共同体は、どんなアリバイを設けようと、金儲け主義の社会に養われているのか？　作家（エクリヴァン）が生産するものによってではなく（作家（エクリヴァン）はなにも生産しはしない)、彼が焼尽するものによって？　過剰なものであるが、まったく無用というわけではない、というわけか？

現代という時代は交換から抜け出すためにたえざる努力を払っている。それは抵抗しようとする、——作品の市場にたいして(マスコミニュケーションの外へ出ることによって)、記号にたいして(意味の免除によって、狂気によって)、良きセクシャリティにたいして(生殖という目的から歓びを引きはなす、倒錯によって)。しかし、どうしようもないのだ。交換はいっさいを回収する、——交換を否定すると思われるものをも手なずけることによって。交換はテクストをとらえ、それを無駄だが合法的な蕩尽のサーキットのなかに入れる。かくしてテクストはまたしても集合的なエコノミーのなかにおかれる(たとえ単に心理的なものであるとしても)。テクストの無用性そのものが、ポトラッチの名において、有用なものとなるのだ。別の言いかたをすれば、社会は裂開のモードにおいて生きる。こちらには、崇高なる、無欲なテクストがあり、あちらには、金儲け主義のものがある、その価値は……そのものの無償性なのである。ところが、この裂開について、社会はいかなる認識をも持たない。社会はおのれのれ自身の倒錯に気づいていない。「係争中の両陣営はそれぞれの分け前を持つ。衝動はおのれを満足させる権利を有する。現実はそれにふさわしい敬意を受けとる。しかし」とフロイトはつけ加える、「だれもが知るごとく、死ほど無償なものはない」。テクストにとって、テクスト自身の破壊ほど無償なものはないだろう。書かないこと、もはや書かないこと、いずれにせよ回収されることになるにせよ。

⁂

愛する人といっしょにいて、ほかのことを考える。そんなふうにして私はもっとも良き思考を手に入れ、仕事に必要なもっとも良きものを考え出す。テクストについても同様だ。間接的に自分を聴きとらせるようになると、テクストは最良の楽しみを私のなかにつくり出す。テクストを読みながら、しばしば顔をあげ、ほかのことを聴くようになる。かならずしも楽しみのテクストに捕獲されるわけではない。それは軽やかで複雑な、手入れされて、ほとんど軽率なおこないであればいい。頭の突然の動きとか、私たちが聴いているものをなにも聞いていない、私たちが聞いていないものを聴いている、一羽の小鳥の動きのような。

⁂

情緒（エモーション）——なぜ情緒（エモーション）は歓びと相性が悪いのか？（私は情緒（エモーション）というものを誤って、

まったくセンチメンタルな、モラルの錯覚の側面で考えていた）。情緒（エモーション）とは乱れであり、喪心と境を接するものなのだ。なにかしら倒錯したものだが、穏健そうな外観をしている。それは、おそらく、放心のもっとも狡猾なものでさえある。なぜならそれは、一般的な規則に違反するからだ。一般的な規則は歓びに固定された顔を与えようとする。強く、荒々しく、あらわな、――なにかしらどうしても筋肉隆々として、張りつめた、ファロスの様相を呈する顔を。こういう一般的な規則には逆らうことだ、――歓びのイマージュに**けっしてだまされるな**。抑制された恋による惑乱（早すぎる歓び、遅れてやってくる歓び、心動かされる歓び、等々）が生じるところではどこでも、その歓びを認めて受け入れよう。歓びとしての情熱＝恋愛？　叡知としての歓び（歓びが**その固有の偏見の外で**みずからを理解するにいたったとき）？

* * *

なんにもすることがない、――こういう倦怠（アンニュイ）は単純なものではない。アンニュイからは（作品を、テクストを前にして）、苛立ちの、あるいは厄介払いの仕種をもって、身を退かせるとは限らない。テクストの楽しみがあらゆる間接的な創造を想定するのと同様に、おなじようにアンニュイは、いかなる自発性をも価値あるものとみなすことはできない。誠実なアンニュイなどというものは存在しない、――もしも個人的に、おしゃべりのテクストが私を退屈させるとするなら、それは実際に私が相手の要求を愛していないからである。しかし、もしも私が彼を愛しているとしたら（もしも私がいくらかの母性的な嗜好を有するとしたら）？　アンニュイは歓びから遠いものではない。それは楽しみの岸辺から眺められた歓びなのである。

ある物語が、よく語られた、悪意のない、とりすました調子、礼儀にかなった仕方で物語られるほど、その物語をひっくり返し、黒く汚し、さかしまに読むことが、いっそう容易になる（サドがセギュール夫人［フランスの童話作家。1799～1874］を読んだとして）。こうした顚倒は、純粋な創造であるから、テクストの楽しみをすばらしく発展させてくれるのである。

⁂

私は『ブヴァールとペキュシェ』につぎの文章を読み、楽しみをおぼえる、――「卓布や、シーツや、ナプキンが、ぴんと張った紐に留木で掛けられ、垂直に吊り下がっていた」。私はここで、過剰なまでの緻密さ、言語の一種マニアックな正確さ、気ちがいじみた描写癖を味読する（これはロブ＝グリエのテクストにも見出されるものだ）。ここでつぎのパラドクスにたち会う、――文学の言語は、それが〈純粋な〉国語、本質的な国語、文法的な国語（そういう国語は、もちろん、ひとつの理念でしかないが）に適合するのとまさしく呼応して、揺すぶられ、乗り越えられ、無視される、ということ。問題になっている正確さは、注意深さを騰貴させれば招来されるというものでもない。それはレトリックの剰余価値ではない。物事がだんだんうまく描写されればよい、というような問題ではない。――そうではなく、コードの変換に由来するものだ。描写の（遠い）モデルはもはや雄弁のディスクールではない（作家はすこしも〈描写〉していない)。それは一種の辞書編纂法による人為構造なのである。

⁂

テクストはフェティッシュなオブジェである。そしてこのフェティッシュは私を欲望する。テクストは私を選ぶ、——語彙だとかリファレンスだとか平明さだとかの、不可視のディスプレイ、選別するジグザグの障害物をいたるところに配置して。そしてテクストのただなかに見失われて(機械仕掛けの神のようにテクストの背後にいるのではなく)、つねにそこには他者がいる、作者がいる。

制度としての作者は死んだ。その民法上の、情熱的で、伝記的な人格は消滅した。

所有権を失って、作者の人格はもはや自分の作品に法外な父権を行使しない。文学史、教育、世論が、その物語を立ちあげ、更新すべく責を負ってきた父権である。それでもテクストにおいては、ある種の仕方によって、私は作者を欲望する。私は作者の像（フィギュール）を必要とする（それは作者の表象でもなければ、その投影でもない）、――ちょうど作者が私の像（フィギュール）を必要とするように（〈おしゃべり〉は論外として）。

⁂

イデオロギーのシステムはフィクションであり（劇場の偶像（イドラ）とベーコンなら言っただろう）、ロマンである、――といっても、プロットや危機一髪や善玉や悪玉の登場人物をしっかりと備えた、古典的なロマンである（ロマネスクとなると、まったく別ものだ。それは構造のない単純なコンテであり、フォルムの散種、摩耶（マヤ）である）。それぞれのフィクションは、それが同一化する社会的な口語、社会言語によって支えられている。フィクションとは、言語が到達する一貫性の度合いであって、ある言語が例外的に固まり、聖職者階級（司祭、知識人、芸術家）を見出して、その言語を一般に語り、それを流布させるものなのである。

「……それぞれの民族は、数学的に分配された概念のしかじかの空を、みずからのうえにいただいている。そして真理の要請するところにしたがって、考えうる限りのどんな神であろうと、これ以後、おのれの天空以外の場所で求められることがないよう欲している」（ニーチェ）。私たちはすべからく言語の真理なるもの、――すなわち、その地域性に捕獲され、近隣を律する恐るべきライバル関係に引きずり込まれている。なぜなら、各々の口語（各々のフィクション）はヘゲモニーをめぐって闘争しており、もしそれがおのれの権力を有するなら、趨勢に応じていたるところ、社会の日常生活のなかにひろがっていくからである。それは世論（ドクサ）となり、自然となる。それは政治的人間、国家の要人の、非政治的と称する口語である。それは新聞の、ラジオの、テレビジョンの口語であり、会話の言葉である。しかし、たとえ権力の外にあっても、権力に抗するものとして、敵対関係が生じ、口語は分割され、相互に闘争する。情け容赦もないトピックが言語生活を規制する。言語はいつでもどこかの場所からやって来る。それは戦争のトポスである。

彼は言語の世界（言語界〔ロゴス〕）をパラノイアのたえざる甚大な諍〔いさか〕いと考えていた。唯一、機略に富んだシステム（フィクション、口語）だけが生き延びて、最終的な像〔フィギュール〕を製造する。なかば科学的、なかば倫理的な言辞のもとに、敵の動きをマークするフィギュールである。一種の回転扉であって、同時に敵を確認し、説明し、断罪し、吐き出し、回収する、ひと言でいえば、敵に支払わせることをゆるすフィギュールだ。かくして、他のものを制して、こんな特定の公認聖書が挙げられる、――マルクス主義の口語、これにとってはいっさいの対立は階級闘争である。精神分析の口語、これにとってはいっさいの否認は告白である。キリスト教の口語、これにとってはいっさいの拒絶は追求である、云々。彼は資本主義の権力の言語が、一見したところ、そのようなシステムのフィギュールを含まないことに一驚を喫したのだった（敵対者のことを、〈洗脳されている〉、〈遠隔操作されている〉等々としか評さない、もっとも低級な連中は別として）。そこで彼は理解した、――資本主義の（それだけにいっそう強力な）言語の圧力は、パラノイアや、システムや、論証性や、明証性の次元にはなく、仮借のないべとつくものであり、世論（ドクサ）であり、無意識の手口であり、結局のところ、その本質においてイデオロギーであることを。

こうした口語のシステムにあわてふためいたり、居心地悪い思いをしたりするのをやめるには、そのシステムのひとつに住みつくよりほかに打つ手がない。そうでないと、――「それじゃ僕、僕はこんなもののなかで、どうすりゃいいの？」。

テクストはといえば、テクストは、その消費においてでないとしても、すくなくともその生産においては、一所不住（アトピック）なものである。テクストは口語でもなく、フィクションでもない。システムはテクストのなかで、フレームを越えられるか、解体される（この氾濫、この解体が、意味の生成（シニフィアンス）である）。この一所不住（アトピー）について、テクストはその読者にたいして奇妙な態度をとり、伝達する。すなわち、放逐されても平然としている態度である。言語の戦争には静かな瞬間がありうる。そしてこの瞬間がテクストなのだ（「戦争には」と、ブレヒトのある登場人物は言う、「平和がないわけではない……戦争には平穏な瞬間がある……小競りあいの合間に、ビール瓶をあけることもある……」）。口語（パロル）による両陣営の襲撃のあいだに、システム双方の押し出しのあいだに、テクストの楽しみはやはり可能である、——気晴らしとしてではなく、他の言語の、突飛な——分離した——抜け道として。ことなる生理の実践として。

私たちの言語にはまだヒロイズムが多すぎる。最良のテクストにおいてさえ——私はバタイユのテクストのことを考えるのだが——、ある種の表現の異常興奮、つづめていうと、一種油断のならないヒロイズムがある。テクストの楽しみには〈テクストの歓びには〉、そういうのとは反対に、戦意高揚の突然の消失、作家（エクリヴァン）の蹴爪の束の間の剝落、〈元気〉の〈勇気の〉中断がある。

言語からなるテクストが、どうして言語の外へ出ることが可能であろうか？　いかにして世界の口語を外部に現す（外部に置く）ことができるのか？——最終的な口語に逃げ込むことなく？　その先は、他の口語が単に報告され、語られるだけになってしまうのに？　名づけるやいなや、私は名づけられる、——名のライバル関係に捕獲されて。いかにしてテクストはフィクションの、社会言語の戦争から〈身を退く〉ことが可能か？——それは消耗という漸進的な仕事によって、である。まずテクストはあらゆるメタ言語を清算する。そのことにおいて、それはテクストたりうる。いかなる声（〈科学〉、〈大義〉、〈制度〉）も、テクストが語ることの背後にはない。それから、テクストは先の先にいたるまで、矛盾にいたるまで、みずからの論証的なカテゴリー、みずからの社会言語的なリファレンス（そのジャンル）を破壊する。テクストは〈笑わせることなきコミック〉、従属させないアイロニー、魂なき、神秘なき快活（サルデュイ）、括弧なき引用である。最後に、テクストは、そうしたいと思うなら、国語そのものの規範的な構造を、――語彙（横溢する新語（ネオロジズム）、引き出し語、翻字）、シンタクス（もはや論理の独房も、文（フレーズ）もない）を攻撃することができる（ソレルス）。変換によって（ただ単に変形によってだけではなく）、言語の素材からなる錬金術の新たな状態を出現させることが問題なのである。オリジンの外にあり、コミュニケーションの外にある、この未聞の状態、この灼熱の金属こそ、言語そのものであり、一個の言語などというものではないのだ、――たとえ分離され、模倣され、アイロニーと化していようとも。

テクストの楽しみは、あるイデオロギーを他のイデオロギーより選り好みするわけではない。しかしながら、この無差別な態度はリベラリズムに由来するのではない。そうではなくて、倒錯によるものなのだ、——テクストは、その読書は、引き裂かれている。溢れ出し、壊されているものは、社会があらゆる人間の生産に要求するモラルの統一だ。私たちは（楽しみの）テクストを部屋いっぱいに飛び回るハエのように読む。肘を突然使って、決定的にやっつけたかと思うが、せわしないばかりで、そんなことはなんの役にもたたない。イデオロギーは、頬の赧らみのように、テクストとその読書を飛びすぎてゆく（愛の行為において、こういう赧らみをエロティックに味わう者もいる）。どんな楽しみの作家（エクリヴァン）でも、この愚かな赧らみをまぬがれない（バルザック、ゾラ、フロベール、プルースト——おそらくマラルメだけが、自分の皮膚を支配している)。楽しみのテクストにおいては、相反する力はもはや抑圧の状態にはない。生成の状態にある。なにものも真に敵対的ではない。いっさいが複数だ。私は軽やかなる反動の夜をわたってゆく。一例が、ゾラの『多産』においては、イデオロギーは明白だ。とりわけ粘りつくものだ。自然主義があり、家族主義があり、コロニアリズムがある。それでも私は本の読書をつづける。こういう捻(ね)じれは凡俗であろうか? むしろ人は唖然とするのではあるまいか、——家事を切り回すような巧みさをもって、主体が分割され、読書を細分し、判断の汚染に、満足の換喩に、抵抗するありさまを見て。これをしも楽しみによる客観視というべきであろうか?

影(シャドー)のない、〈支配的なイデオロギー〉から切りはなされた、そんなテクスト(芸術、絵画）を望む人びとがいる。しかしこれは豊饒さに欠ける、生産性のないテクスト、不毛なテクストを望むことである（〈影のない女〉の神話を見るがよい）。テクストはその影（シャドー）を必要とする。この影（シャドー）、それは若干のイデオロギー、若干の表象、若干の主題である。亡霊であり、皺であり、跡であり、欠かすことのできない曇りである。顚覆するには、それ自身の明暗を生み出さなくてはならない。

（しばしば〈支配的なイデオロギー〉ということがいわれる。この表現はおかしい。というのも、イデオロギーとはなんであろうか？　それはまさしく支配する限りにおいての思想なのである。イデオロギーは支配的であるほかはない。支配される階級がたしかに存在するがゆえに、〈支配階級のイデオロギー〉を語ることが正しいように、支配されるイデオロギーが存在しないがゆえに、〈支配的なイデオロギー〉を語ることは筋がとおらない。〈支配される人々〉の側についていうなら、なにものも、いかなるイデオロギーも存在しない。その人たちが自分たちを支配する階級から借用する（表徴化するために、すなわち生きるために）ことを強いられたイデオロギー――そしてこれは疎外の最終段階だ――、それだけを除いては。社会の闘争は抗争するふたつのイデオロギーの闘争には還元されえない。問題となるのは、あらゆるイデオロギーの顛覆である。）

＊＊＊

*言語の*想像界をよく標定すること。すなわち、特異な単位、魔術的なモナドとしての語、思考の道具または表現としての口語、パロールの転記としてのエクリチュール、論理的で閉じた文節としての文、初歩的で自発的な、プラグマティックな力としての言語の欠落そのもの、あるいはその拒絶。これらすべての人為現象は、科学の想像界（想像界としての科学）によって引き受けられる。言語学はたしかに言語に関

する真理を表明するが、ただつぎの点に限られるのである、――「いかなる意識的な錯覚も犯されてはいない」と。ところでこれは想像界（イマジネール）の定義そのもの――無意識的なるものの無意識なのだ。

言語の科学のなかで、偶然的に、軽蔑的に、あるいは、いっそう多くの場合、拒絶されてしか、あつかわれていないもの、――記号論（文体論とはレトリックである、とニーチェは言った）、プラティック、倫理の行為、〈熱狂〉（同じくニーチェ）を明確にすること、それがまずもって第一の仕事である。ついで、科学において科学に反するものをとり入れること、これが第二の仕事である。すなわちテクストである。テクストとは、想像界（イマジネール）なき言語なのだ。それは言語の科学に欠けているものであり、言語の普遍的な重要性をあきらかにするものだ（言語の技術的な特殊性を、ではない）。言語学によってかろうじて許容されているもの、あるいは（規範的、実証的科学として）明白に拒絶されているものすべて、意味の生成（シニフィアンス）、歓び、これこそがまさしく言語の想像界（イマジネール）からテクストを救い出すものなのである。

テクストの楽しみに関しては、いかなる〈論述〉も可能ではない。かろうじて検討（内省）できるだけだが、それも短く終わってしまう。*Eppure si gaude!*［それでも私は楽しむ！］。それでも、すべてに対し、すべてに逆らい、私はテクストを楽しむ。

すくなくとも、いくつか例をあげようか？　膨大な集合的収穫を考えることができよう。人に楽しみを与えるすべてのテクストを収集するのである（どこからそのテクストがやって来ようとかまわない）。そしてそのようなテクストの身体 corps（いみじくもコーパス *corpus* と言ったように）を呈示するのである、——いくらか精神分析が人間のエロティックな身体を開示したように。そのような仕事はしかしながら、だれもがおそれるごとく、収集したテクストを説明することにしかならないだろう。計画の避けがたい分岐点があるだろう。言葉にはされないにしても、楽しみはモティベーションの一般的な道に入り込むだろう。しかも、そのどれもが決定的なものとはいえないだろう（いくつかのテクストの楽しみをここで私が主張するにしても、いつでも通りすがりにするしかなくて、ほんの一時的な、まったく規則性のない仕方によるものになる）。ひと言でいえば、そのような仕事は書くことのできないものだろう。私はそのような主題に関しては周囲をめぐることしかできない、——とすれば、集合的に、果てしなくおこなうより、簡潔に、孤独におこなったほうがいい。断定の基礎をなす価値 *valeur* から、文化の結果である諸価値 *valeurs* へ移ることは、断念したほうがいいのである。

言語の生き物として、作家（エクリヴァン）はつねにフィクション（口語）の戦争に捕まっている。

しかし、彼はいつでもそこでは玩具でしかない。なぜなら、彼を構成する言語（エクリチュール）はつねに一所不住(アトピック)であるからだ。多義性（エクリチュールの基礎的な段階）という単純な効果からして、文学的な口語(パロール)への参戦は最初から怪しげなものである。作家(エクリヴァン)はつねにシステムの盲点にあって、漂流している。それはジョーカーであり、マナであり、零度であり、ブリッジのダミーである。意味にとっては（戦闘にとっては）必要なものだが、それ自身、固定された意味は奪われている。彼の場所、彼の価値（交換の）は、歴史の変動、闘争の戦術的な勝敗によって変遷する。人は彼にすべてを要求する。そして／あるいは、なにも要求しない。彼自身は交換の外にいる。非＝利得、禅にいう無所得のうちに入り込んでいる。なにも獲得しようという欲望がなく、言葉の倒錯した歓び以外のものを欲しない（しかし歓びというものは断じて獲得されるものではない。なにものも歓びを悟りから、放心から、区別するものはない）。つぎのパラドクスがある、――こうしたエクリチュールの無償性（それは歓びをつうじて、死の無償性に近づくものだが）、作家(エクリヴァン)はこれを語らないのである。彼は緊張し、筋肉をこわばらせ、漂流を否定し、歓びを抑圧する。イデオロギーの抑圧とリビドーの抑圧を相手に、同時に戦う者はきわめてすくないのだ（もちろん知識人が彼自身に、彼自身の言語に加える抑圧である）。

⁂

スタンダールが伝えるテクスト（しかし彼のものではない）〔原注1〕を読んでいて、私は細かなディテールでプルーストを見出す。レスカールの司教が総代理の姪を一連の気取った愛称で呼ぶ（「かわいい姪御ちゃん、かわい子ちゃん、きれいなブリュネットちゃん、ああ、おいしそうなお嬢ちゃん！」）。それが私にバルベックのグランド・ホテルのふたりのお供の女たち、マリー・ジュネスト〔正しくは「ジネスト

Gineste」」とセレスト・アルバレの語り手への呼びかけを呼び起こすのである（「まあ！カケスのような髪の毛の悪魔さんたら、なんていたずらなの！　ああ！　若さ！　ああ！　きれいな肌！」〔鈴木道彦訳〕）。別のところでは、しかしおなじようにして、フロベールのなかで、私がプルーストから出発して読むのは、ノルマンディーの花ざかりの林檎の木である。私は味わう、――決まった定型句の支配、起源の転倒、先行するテクストを後続するテクストからやって来させる気ままさを。私は理解する、――プルーストの作品は、すくなくとも私にとって、リファレンスの作品であり、遍在する数学的普遍的秩序（マテシス）であり、あらゆる文学宇宙の曼陀羅である、と。セヴィニェ夫人の『書簡集』がプルーストの語り手の祖母にとってそうであったように、騎士道物語がドン・キホーテにとってそうであったように。これは私がプルーストの〈専門家〉であるという意味とはまったくちがう。プルーストというのは、私にやって来るものだ。私が呼ぶものではない。それは〈権威〉ではない。ただ単に循環する思い出なのだ。そしてこれこそが間テクスト〔クリステヴァ〕だ、――限りないテクストの外では生きられないということ、――そのテクストがプルーストだろうと、日刊紙だろうと、あるいはテレビ画面であろうと。本は意味を生み出し、意味が人生を生み出す。

〔原注1〕「アタナーズ・オジェの生涯の挿話（姪の刊行による）」『旅行者の回想』I、pp.238-245（スタンダール『全集』［カルマン＝レヴィ刊、一八九一年］所収）

＊＊＊

釘を木に打ち込めば、木は釘を打つ場所に応じてさまざまに抵抗する。木は等方性（イゾトロピー）［物理的性質が方向によって変わらない］を持たない。テクストもまた等方性を持たない。へりや切れ目を予測することはできない。物理学（現代の）がある種の環境、ある種の宇宙の非＝等方的な性格に適応しなくてはならないように、構造分析（記号学（セミオロジー））もテクストのほんのちょっとした抵抗、その血管の不規則なデッサンを認識しなくてはならないだろう。

⁂

どんな対象も楽しみとコンスタントな関係を保つわけではない（ラカンが、サドについて言ったように）。しかし、作家（エクリヴァン）にとっては、そういう対象が存在する。それは言語ではない、*国語*、母語である。作家（エクリヴァン）とは母の身体とたわむれる何者かなのである（ロートレアモンを、マティスを論じるプレネを参照）。母の身体を荘厳化し、美しくし、あるいはそれを切り分けて、その身体がそれと見分けられるリミットまでもってゆく。私は国語の毀損を楽しむところまでゆくだろう。すると、世論（オピニオン）は大声で叫ぶだろう。なぜなら世論（オピニオン）は〈自然を毀損する〉ことを望まないから。

＊＊＊

バシュラールにしてみれば、作家（エクリヴァン）はけっして書いたことがないかのようだ。奇妙な切断によって、作家（エクリヴァン）はただ単に読まれるだけなのである。こうしてバシュラールは読むことの純粋な批評を確立しえたのだ。しかも彼はそれを楽しみにおいて確立した。われわれは均質な（滑りやすい、幸福な、官能的な、統一的な、歓ばしい）実行にとりかかる。そしてこの実行はわれわれを満たす、――読むこと＝夢みることによって。バシュラールとともに、〈楽しみ〉のクレジットにおいて流通するのは、〈文学を非連続的なものにする単なる権利、闘争としての〉あらゆるポエジーなのである。だが、作品がエクリチュールの種類のもとに認識されるやいなや、楽しみは軋り、歓びが姿を見せ、そしてバシュラールは遠ざかる。

⁂

私は言語に関心を抱く、なぜならそれが私を傷つけ、あるいは誘惑するから。これこそが、ひょっとすると、階級の性愛というものであろうか？　けれども、いかなる階級か？　ブルジョアジーの？　ブルジョアジーは言語にどんな嗜好も持たない。この階級からみると、言語はもはや、人生処方の贅沢でさえない（〈偉大なる〉文学の死）。ただ単に道具か装飾である（美辞麗句）。庶民階級か？　ここでは、あらゆる魔術的、あるいは詩的活動は消滅している。もはやカーニヴァルはない。もう言葉で遊ぶことはない。メタファという、プチ・ブル文化の押しつけたステレオタイプの支配は終わった。（生産階級はかならずしも、みずからの役割、みずからの力、みずからの徳性の言語を持たない。したがって、連帯や感情移入——これは庶民階級では非常に強く、ブルジョア階級では皆無である——の解体。全体主義の幻想批判——どんな政治機構もまず言語を統一する。だが、全体を敬うな、というわけだ。）

小さな島が残る——テクストだ。カーストの、特権的知識階級（マンダリン）の極楽？　楽しみはおそらくある。歓びは、ノンだ。

いかなる意味の生成（シニフィアンス）も（いかなる歓びも）、私は確信するが、マス・カルチャーからは生まれない（火から水を区別するように、大衆文化とは区別すること）。というのは、このカルチャーのモデルはプチ・ブルジョアのものであるから。これはわれわれの（歴史的）矛盾の特性である。意味の生成（シニフィアンス）（歓び）が完全につぎの極端な二者択一のうちに逃れてしまった、――あるいは、特権的知識階級（マンダリン）の実践（ブルジョア文化の衰弱から生じた）のなかに、あるいは、ユートピア的な思念のなかに（来たるべき文化の思念、ラディカルで、未聞の、予見しがたい革命から出現する思念。それについて、今日、書く者はつぎの一事しか知らない、――モーセのように、彼はそこに入ることはないだろう、という）。

歓びの非社会的な性格。それは社会性の険しい喪失である。とはいえ、主体（主観性）、人格、孤独への、いかなる落下もない。すべてが失われる、あますところなく。秘匿の極限的な底部、シネマの黒。

あらゆる社会イデオロギーの分析は、文学の意気阻喪させる性格についてはおなじ結論を出している（このことはその分析の妥当性をいささか奪っているが）、——結局のところ、作品を書く者はいつでも、歴史的、経済的、政治的状況により闘争の外におかれた、社会的に落胆し、無力化したグループである、と。文学はこの落胆の表現である、と。こうした分析が忘れていることがある（そしてこれは当然である。なぜなら、記号内容（シニフィエ）に限った探求に基礎をおく解釈学であるのだから）、――それはエクリチュールの驚くべき裏面、すなわち歓びである。この歓びは諸世紀をとおして炸裂しうるもので、それでも、もっとも陰鬱で、もっとも不吉な哲学の栄光のために書かれた、いくつかのテクストから抜け出たものなのである。

⁂

私が私自身のなかで語る言語は、私の時代のものではない。それはその性格からして、イデオロギーの嫌疑の的になる。それゆえ私はこの嫌疑と闘わなくてはならない。

私は自分が見出す言葉を望まないがゆえに書く、——引き算によって。そして同時に、この次善の言語がわが楽しみの言語となるのだ。私は夜長をとおして読む、——ゾラを、プルーストを、ヴェルヌを、『モンテ・クリスト』を、『旅行者の回想』を、そしてときにはジュリアン・グリーンさえも。これは私の楽しみであるが、しかし歓びではない。歓びが幸運にもやって来るのは、絶対に新しいものとともに、である。というのは、新しいものだけが意識を危うくする（覆す）からだ（簡単なことであろうか？　まったくそうではない。九割方、新しいものとは新しさのステレオタイプでしかない）。

〈新しいもの〉はモードではない。それは価値であり、あらゆる批評の基礎である。

われわれの世界の評価はもはや、すくなくとも直接的には、ニーチェにおけるように、高貴と下賤の対立にはなく、〈新旧〉の対立に拠っている（〈新しいもの〉の性愛学(エロティック)は十八世紀にはじまり、それから長きにわたる変容が進行した）。今日の社会の疎外から逃れるには、前方への逃走しか術がない。あらゆる古い言語はたちまちそこなわれ、あらゆる言語はそれがくり返されるやいなや古くなる。ところで、支配的な言語（権力の庇護のもとにつくられ、伝播する言語）は、規定どおりにくり返される言語である。言語のあらゆるオフィシャルな制度は反芻する機械である。学校、スポーツ、広告、マスの作品、シャンソン、情報は、つねに同一の構造、同一の意味、しばしば同一の言葉をくり返す。ステレオタイプが政治の現状であり、イデオロギーの主要な様相だ。これと向かいあう〈新しいもの〉は、歓びである（フロイト――「成人にあっては、新しさはつねに歓びの条件を構成する」）。ここから現代の力の布置が生まれる。――一方では、（言語の反復に結びついた）マスによる、歓びの＝外にある平板化、とはいえ、かならずしも楽しみの＝外にあるのではない平板化。――他方では、〈新しいもの〉に向けての（マージナルで、エキセントリックな）熱狂、――言説の破壊にまでゆくような、もの狂おしい熱狂。ステレオタイプのもとに抑圧された歓びを歴史的にふたたび出現させるこころみ。

対立（価値の刃物）は、公認の、名づけられた対立（唯物論と観念論、改良主義と革命、等々）のあいだにあるとは限らない。それはつねに、いたるところで、例外と規律のあいだに存在する。規律とは、力の濫用であり、例外とは、歓びである。たとえば、ときとして、〈霊能者〉の例外を主張することも可能だ。なんでもよい、規律（一般性、ステレオタイプ、特有言語、つまり粘りつく言語）でさえなければ。

しかしながら、まったく反対の考えを主張することができる（とはいえ、それを主張するのは私ではないが）。反復はそれ自身、歓びを生み出すことがある。民族誌に例はこと欠かない、――オブセッションのリズム、呪術的な音楽、連禱（リタニー）、儀式、仏教の念仏、等々。過度なまでにくり返すこと、それは放心に、記号内容（シニフィエ）のゼロに、いたることである。ただつぎの点に注意したい、――反復がエロティックであるためには、それが形式的で、文字どおりであらねばならない。そしてわれわれの文化においては、こういう大っぴらな（過度の）反復は、奇抜なものになり、音楽のある種マージナルな領域に追いやられてしまうのだ。マス文化の折衷的な様式は恥ずべき反復である。意味内容を、イデオロギーの図式を、矛盾の隠蔽を、くり返すばかりで、変化するのは表面的な形式だけだ。あい変わらず本は出版され、番組は組まれ、映画は封切られ、三面記事を目にするが、その意味はいつもおなじだ。

　つまるところ、言葉がエロティックでありうるのは、正反対の、どちらの場合でも度はずれな、ふたつの条件においてである、――過度にくり返されるか、あるいは逆に、その新しさによって思いがけない、味わい深いものになるか（ある種のテクストでは、言葉が輝き出す。それは放心を呼ぶ、突飛な出現である、――それが衒学的であるかどうかは問わない。そんなわけで、個人的には私はライプニッツのつぎのフレーズに楽しみを見出す、――「……あたかも懐中時計が、歯車を必要とせず、ある時、を指示する能力によって、時刻を示すかのように、あるいは、あたかも製粉機が、碾臼に似通うものをなにひとつ必要とせず、ある粉砕する資質によって、穀物を砕くかのように」)。ふたつのケースにおいて、同一の歓びの物理であり、襞であり、彫り込みであり、失神である。穿たれ、搗き砕かれるもの、あるいは炸裂し、調子はずれになるものである。

ステレオタイプとは、魔術も熱狂もいっさいなしに、くり返される言葉である、――あたかもそれが自然であるかのように、あたかも、奇跡的にくり返される言葉も事情がことなれば何回でも使えるかのように、あたかも真似することがもはや真似とは感じられないかのように。それは厚かましくも粘りつこうとし、自身のしつこさに無知であるような、遠慮のない言葉である。ニーチェはこう指摘した、――〈真理〉とは古い隠喩を練り固めたものにすぎない、と。なるほど、そうだとすれば、ステレオタイプは〈真理〉のアクチュアルな道程であるということになる。手で触れることのできる特徴であり、でっちあげられた装飾を、規範どおりで強制的な記号内容（シニフィエ）の形式に移行させるものである。（新たな言語の科学を想像してみるとよい。それはもはや言葉の源泉や語源学、言葉の伝播や語彙論でさえなくて、言葉が凝固する過程、言説の歴史に沿った言葉の厚顔化を研究するだろう。この科学はおそらく顚覆するものとなろう。真理の歴史的な源泉以上のもの、言語に関する修辞学（レトリック）的な本質をあきらかにするものとなろう）。

ステレオタイプにたいする猜疑心は、（新しい言葉、あるいは手に負えない言説の歓びに結びついて）、絶対的な不安定性の原則であり、なにものをも（いかなる内容、いかなる選択をも）重視しない原則である。ふたつの重要な言葉の結びつきが、おのずからやって来ると、吐き気がする。そして、あることがおのずからやって来ると、即座に私はその場を退散する。これが歓びとなる。取るに足りない苛立ちだろうか？

エドガー・ポーの短篇のなかで、ヴァルデマー氏は、死に瀕して、催眠術をかけられ、カタレプシーにおちいり、つぎつぎと浴びせられる質問によって、生きながらえてゆく（「ヴァルデマーさん、眠ってますか？」）。しかし、この延命は手に負えるものではない。偽りの死、猛烈な死、それは終わりならざるもの、際限なくつづく延命だ（「お願いだ！——早く！——早く！——眠らせてくれ、——さもなければ、早く！早く起こしてくれ！——おれは死んでるんだよ！」）。ステレオタイプとは、この吐き気をもよおさせる、死ぬことの不可能性なのである。

知的な分野では、政治的選択は言語の中断であり、——したがって歓びである。けれども、言語はすぐさま固まる、そのもっとも粘りつく形状によって（政治のステレオタイプ)。こういう言語は、そういう場合、嚥み込むしかない、吐き気もなしで。他の歓び(他のボーダー)、——それは、見たところ政治的であるものを非政治化し、見たところ政治的ではないものを政治化することに存する。——だが、どうだろう、政治的であるべきものを人は政治化する、それだけのことなのだ。

⁂

ニヒリズム。「卓越した目的も格下げされる」[ニーチェ]。それは不安定な、おびやかされる瞬間だ。なぜなら、ほかの卓越した能力がすぐさま輩出し、最初の能力にうち勝ち、それを破壊してしまうからだ。弁証法も、継起するポジティブなものを結びつけることしかできない。それゆえ、アナーキズムのさなかにあっても息がつまってしまうのだ。それではいかにして、あらゆる卓越した力の欠如を立ちあがらせられようか？　アイロニーか？　それはいつでも安全な場所から出発するものだ。暴力か？　それは卓越した力ではあるが、もっともコード化された力だ。歓びか？　そうだ、もしそれが口にされることなく、教義にされることがないならば。もっとも一貫したニヒリズムは、おそらくマスクのもとにあるものだ、――制度や、順応的な言説、外見上の合目的性にたいして、内在するある種の仕方によって。

⁂

Aは私にうち明ける、――母さんがふしだらなのは我慢できないけどね――親爺だったら、我慢しちゃうかもね。そしてこうつけ加える、――おかしいかな、これって？　ちがう？――彼の驚きをうち切るには、ひとつの名があれば充分だろう、――オイディプス！　と。Aは私の目からみると、きわめてテクストに近いところにいる。というのは、テクストは名前を告げないからである。あるいは、テクストは存在する名前をとり去る。マルクス主義、ブレヒト主義、資本主義、観念論、禅、等々といった名を言わない（それも、なにか怪しげな意図をもって？）。そういう〈名〉は唇にのぼらない。実践の段階では、名というものは、〈名〉ではない言葉として、断片化される。言うことのリミットへおもむくことによって、学問と混同されることを望まない言語の数学的普遍的秩序（マテシス）において、テクストは命名を解体する。そしてこの名の欠落がテクストを歓びに近づけるのだ。

読んだばかりの古いテクスト（スタンダールが伝える聖職者の生涯の挿話）に、こんなふうに食物の名前が出てくる、――ミルク、タルティーヌ、シャンティーのクリームチーズ、バール［フランス・ムーズ県の地名。Bar-le-Duc］のジャム、マルタ島のオレンジ、苺の砂糖漬け。これもまた純粋な表象の楽しみ（当時、食いしんぼうの読者によってのみ味わわれた）であろうか？　けれども私はミルクなんかそんなに好きではないし、甘い料理も好まない。それでこういう軽い食事のディテールにはまるわけでもない。別のことが起こっている、――〈表象〉という言葉の別の意味におそらく関係するなにかが。議論の最中に、だれかがなにかを対話者に〈表象〉するさい、彼はリアリティの最後の状態、リアリティとしてもあつかいかねるものを引きあいに出すだけである。同様におそらく、小説家も、食事を引用し、名づけ、注記しながら（それを注目に値するものとしてあつかいながら）、読者にたいして、マティエールの最後の状態、マティエールにあって乗り越えがたいもの、しりぞけられないものを提示するのである（これはもちろん、さきに「マルクス主義、観念論」等々といった名前の場合とは別のケースである）。「これ、これ、これですよ！」この叫びを知性の啓示のように聞いてはならない。命名の、想像力のリミットそのものとして、聞かなくてはならない。つまり、ふたつのリアリズムがあるのだ、――第一のリアリズムは、〈リアル〉を解読する（論証されるけれど、見えないもの）。第二のリアリズムは、〈リアル〉を言う（見えるけれど、論証されないもの）。小説は、これら二種のリアリズムを混ぜあわせることができて、〈リアル〉な知覚できるものに、〈リアリティ〉のファンタスマティックな尻尾をくっつけるのである。今日、私たちが食事をするレストランにおけると同様に、一七九一年に「ラム漬けのオレンジのサラダ」を食べたという驚き。歴史的に知覚できるものを切り口にして、そこにあるモノ（オレンジ、ラム）の頑固な強情さが残る。

⁂

フランス人のふたりにひとりは、本を読まないらしい。フランスの半数の人が、テクストの楽しみを奪われている、か――みずから奪っている。ところで、人びとはこういう国民的不運をヒューマニズムの見地からしか嘆かない。あたかも、書物を好まないことによって、フランス人は精神的な財、高尚な価値を断念しただけであるかのように。いっそのこと、社会が反対し、断念するあらゆる楽しみの、陰鬱なる、愚昧なる、悲劇の物語を語ればよかったのだ、――楽しみを蒙昧なものとする主義がある。

たとえ私たちがテクストの楽しみを、その理論の領域において、社会学の領域におかないとしても（このことはこの場合、一見していっさいの国民的で社会的な影響力を奪われた、特殊な言説へみちびくことになるのだが）、問題となるのは、たしかに政治的な疎外なのである。楽しみの（そしてもっといえば歓びの）排除。ここには社会にはたらきかけるふたつのモラルがある、——ひとつは、凡庸さという、多数者のモラル。もうひとつは、非寛容の（政治的、そして／あるいは、学問的な）過激なセクトのモラル。楽しみという思想はもはやだれにも好まれないようだ。私たちの社会は沈滞すると同時に、暴力化しているとみえる、——いずれにしても、冷感症なのだ。

⁂

〈父〉の死は文学から多くの楽しみを奪うだろう。もし〈父〉がもはやいないとしたら、物語を語ることになんの意味があるだろう？　あらゆる語りはオイディプスへとみちびかれるのではないか？　物語るとは、いつでもその起源を探すこと、〈掟〉との確執を語ること、愛と憎しみの弁証法のなかに入ってゆくことではないか？　今日、人びとはおなじ一撃によって、オイディプスと物語を放り出す。人はもう愛さない、怖れない、物語らない。フィクションとしては、オイディプスはすくなくともなにかの役にたった、——すぐれた小説をつくること、よく物語ること、に（ここはムルナウ［ドイツ表現主義の映画監督。1888～1931］の『都会の女』を観たあとで書いた）。

おおかたの読書は倒錯していて、分裂をはらんでいる。子供が母親にはペニスがないことを知っていながら、同時にペニスがあると信じるように（フロイトがその利得を示したエコノミー）、同様に、読者はたえずこう言うことができる、——こんなのは言葉でしかないことをよく知ってるんだ、それにしても……と（私はこれらの言葉があるリアリティを表明するかのように感動する）。あらゆる読書のなかでも、もっとも倒錯的なのは、悲劇の読書である。その結末が分かっている物語が語られるのを聞いて、私は楽しみを得る。私は知り、そして知らない。私は自分自身を前にして知らないかのように振舞う。私はオイディプスの正体が明かされること、ダントンはギロチンにかけられることをよく知っている、それにしても……。その結末を知らないドラマチックな物語と比較すると、こういう読書では、楽しみは減少するが、歓びは増大する（今日、マス文化において、〈ドラマチックなもの〉は大いに消費されても、歓びはない）。

⁂

歓びと恐怖の近接性（同一性？）。かかる結びつけにおいて嫌悪されるのは、恐怖は不快な感情であるという——平凡な発想だ——考えでは、むろんなくて、恐怖は平凡で恥ずべき感情である、ということだ。恐怖とは、あらゆる哲学の売れ残りなのだ（ただひとり、ホッブズだけが、ちがうと思う、——「わが生涯における唯一の情熱は恐怖であった」）。狂気でさえ恐怖を欲しがらない（流行遅れの狂気、おそらく「モーパッサンの」『オルラ』のような例外は別として）。そしてこのことが恐怖が現代的であることを禁じるのである。恐怖とは侵犯の否認であり、まったき意識のなかに放任される狂気なのである。ぎりぎりの宿命によって、恐怖を抱く主体は最後まで主体でありつづける。せいぜいノイローゼに頼るぐらいのものだ（そういう場合、話題になるのは不安だ。こちらは高貴な言葉、学問的な言葉である。しかし恐怖は不安ではない）。

　これこそがまさに恐怖を歓びに近づける理由なのである。それは絶対に秘密にされなければならないものなのである、——それが〈告白しえないもの〉であるからではなく（それでも、今日ではだれも恐怖を告白するにはいたっていない）、主体を引き裂きながら無傷のままにしておいて、恐怖は、おとなしい意味の主体しか自由にしないからである。錯乱の言語は恐怖がおのれのうちに昇ってくるのを聞く者には拒まれている。「狂わないために私は書く」とバタイユは言った――これは彼が狂気を書いたことを意味するが、だれがこう言うことができるだろう、――「私は恐怖を抱かないために書く」と？　だれが恐怖を書くことができるだろう？（それは恐怖を物語るという意味ではない）。恐怖はエクリチュールを狩りたてもしないし、強制もしない。エクリチュールを完成するわけでもない。矛盾のもっとも不動の状態において、恐怖とエクリチュールは共存するのである、――別々になったままで。
（書くことが恐怖させるケースは語らないとして）。

⁂

ある晩、バーの椅子でうとうとしながら、私は遊び半分に、耳に入ってくるすべての言語を数えあげようとした、——音楽、会話、椅子やグラスの物音、タンジールの広場（セベロ・サルドゥイによって描かれた）は、ありとあらゆる立体音響(ステレオフォニー)のモデルとなる場所だった。私のなかでもその言語は語っていて、（よく知られたことだが）このいわゆる〈内的な〉口語(パロール)は、広場のもの音に、外部から私にやって来る小さな声の段階をなすノイズに、非常によく似ていた。私は自分自身が公共の広場に、市場(スーク)になっていた。私のなかを言葉が、微細な句が、常套句の切れ端が、通りすぎていって、どんな文(フレーズ)もかたちづくられることはなかった、——あたかもそれがその言語の規則であるかのように。きわめて文明的であると同時にきわめて野蛮なこの口語(パロール)は、わけても語彙的なものであり、偶発的なものであった。それは私のなかに、その表層の流れをとおして、決定的に非連続なものを構成していた。この非=フレーズは、フレーズに近接する力を持たなくて、フレーズの前に存在していたであろうものとも、まったくことなっていた。それは――永遠に、素晴らしく、フレーズの外にあるものだった。すると、潜在的に、すべての言語学が脱落した、――フレーズにしか信をおかず、述辞のシンタックスに（ロジックの、合理性の形式として）法外な威信をつねに賦与してきた言語学が。私はつぎのような学問上の悪評（スキャンダル）を思い出していた、――いかなる話法の文法（書き言葉ではなく、話し言葉の文法。まずもって、フランス語会話の文法）も存在しない、ということを。私たちはフレーズにゆだねられている（したがって、慣用語法（フラゼオロジー）に）。

〈文（フレーズ）〉はヒエラルキー的である。それは隷属を、服従を、内的な制辞を含んでいる。

そこからフレーズの完結が生まれる。どうしてひとつのヒエラルキーが開かれたままでありえようか？〈フレーズ〉は完結している。それはまさに、——完結していることの言語でさえある。実践は、それゆえ、理論とはことなる。理論（チョムスキー）のいうところでは、フレーズは権利上無限である（無限に触媒作用をおよぼす）。しかし実践はつねにフレーズを終えるよう強いる。「すべてのイデオロギーの活動は構成的に完結した言表の形式のもとに呈示される」。このジュリア・クリステヴァの命題もまた裏返して考えてみよう、——すべての完結した言表はイデオロギーとなるリスクをおかす。実際、フレーズの支配を決定し、至高の行動の知として、高い代価を払って手に入れ、征服したものとして、〈フレーズ〉の動作主をマークするのは、そうした完結の力なのである。プロフェッサーとは彼のフレーズを終える者である。インタビューを受けた政治家は、彼のフレーズにひとつの結末をつけるのに、あきらかに大いに苦慮している。それで、もし彼がフレーズを短いまま終えてしまったら？彼の全政治生命がダメージを受けよう！それでは、作家（エクリヴァン）は？ヴァレリーはこう言った、——「言葉を考える者はいない。だれもがフレーズしか考えない」。彼がそう言ったのは、彼が作家（エクリヴァン）だったからである。作家（エクリヴァン）と呼ばれる者は、おのれの思考、情熱、想像力を、フレーズによって表現する人ではない。フレーズを考える人なのである。〈フレーズを＝考える人〉（すなわち、かならずしも思索家ではない。またかならずしも文章家（フレーズ）でもない）。

文（フレーズ）の楽しみはきわめて文化的なものである。人工物であり、修辞学者、文法家、言語学者、教師、作家、親たちによってつくられたものだ。この人工物は多かれ少なかれ遊戯的な仕方で模倣される。人は特別なオブジェを使って遊戯する。これについて言語学はよくつぎのパラドクスを強調したものである、——動かしがたく構造化され、しかも無限に更新されうる。なにかしらチェスのゲームのようなもの、と。

それにしても、ある種の倒錯者にとって、フレーズが身体でないとしたら？

⁂

テクストの楽しみ。古典。文明（文明が進むほど、楽しみも大きく、多様なものになる）。知性。アイロニー。繊細さ。幸福感。伎倆。安全。——生きる技法。テクストの楽しみは実践によって定義されうる（いかなる抑圧のリスクもなしに）、——読書の場所と時間、——家、田舎、近くの食事、ランプ、しかるべきところに家族がいて、すなわち、遠くに、遠くなく（アイリスの匂いがする書斎にいるプルースト）、等々。驚くべき自我の補強（ファンタスムによる）、無意識で、ふんわりとした。こういう楽しみは言葉になり、そこから批評が生まれる。

歓びのテクスト。楽しみは粉々になる。国語は粉々になる。文明は粉々になる。歓びのテクストが倒錯的であるのは、それがあらゆる想像しうる限りの合目的性——楽しみの合目的性さえ含む——の外にあるからだ（歓びは楽しみに無理強いしない。歓びは退屈させるようにみえることさえある）。いかなるアリバイも有効ではない。なにひとつとして再構成されるものはない。なにも回収されない。歓びのテクストは絶対に自動詞的だ。そうはいっても、倒錯だけでは歓びを定義するに充分ではない。倒錯の極致が歓びを定義するのだ。つねにズレてゆく極致、極致の空白の、動きやすい、予見しがたいもの。この極致が歓びを保証する。ほどほどの倒錯は、たちまち卑小な合目的性の戯れをもてあましてしまう、——威信だとか、見せびらかしだとか、ライバル関係だとか、演説だとか、自己顕示（パレード）だとか。

だれもが証言できることだが、テクストの楽しみは確実なものではない。このおなじテクストが二度目にもあなたの気に入るといえるわけではない。それは壊れやすい楽しみであり、気分や、習慣や、機会に応じて剝離してしまう。それは束の間の楽しみだ（いい気持になりなさいと〈欲望〉に語りかける沈黙の祈りによって手に入る楽しみ。そして〈欲望〉はこの祈りを却下することができる）。ここからこのテクストについて実証的な科学の見地から語ることの不可能性が生まれる（その法廷は批評的な学の法廷である、――そこに批評の原理としての楽しみがある）。

テクストの歓びは束の間のものではない。もっと悪いものだ。時期尚早なものである。それはちょうどよい時刻にはやって来ない。それはいかなる成熟にも依拠しない。いっさいが一度に運ばれてゆく。こうした熱中は絵画では明瞭だ。今日制作される絵画である。それは理解されるやいなや、放心の原則は役にたたなくなる。別のものに移行しなくてはならない。すべては最初の一瞥で演じられ、享楽される。

テクストは〈政治的な父親〉に自分のお尻を見せる無作法な人物である（にちがいない）。

***

歴史書、小説、伝記において、なぜ、ある時代やある人物の〈日常生活〉が表象されるのを見る楽しみがあるのだろうか？（私はそういう楽しみを味わう何人かのひとりである）。なぜ、こんな細かなディテールに好奇心が湧くのか——時刻表だとか、習慣だとか、食事、住まい、衣服だとか？ これは〈リアリティ〉（〈それがあった〉という物質性そのもの）にたいするファンタスマティックな嗜好だろうか？ このファンタスム自体が、〈ディテール〉を、私がやすやすとそこに場所を占めることのできる、微細で私的な情景を、呼び出すのではないか？ つまりは、奇妙な劇場から歓びを抽き出す、〈小ヒステリー患者〉（例の読者のことだ）がいるのだろうか？ 偉大さの劇場ではなく、凡庸さの劇場から歓びを抽き出す者がいるのか（凡庸さの夢、凡庸さのファンタスムがありうるのではないか）？

かくして、〈お天気はどう？〉（お天気はどうだった？）といった記述ほど、些末で、無意味な記述は、想像することもできないのである。ところが先日、アミエルを読みながら、読もうとこころみながら、いらいらさせられることがあった、――編集者が道徳的な人で（これまた楽しみを締め出す御仁だ）、アミエルの『日記』からジュネーヴ湖畔の天候といった日常のディテールを省略してしまって、下らない道徳的な考察しか残しておかないで、得々としているのである。しかしながら、古びないのは天気であって、アミエルの哲学ではないのである。

芸術は、歴史的にも、社会的にも、危機に瀕しているようにみえる。そこから、芸術を破棄しようとする芸術家自身の努力がはじまる。

私はこの努力に三つの形態をみる。芸術家は別のジャンルに移行することができる。彼が作家なら、映画監督や画家に鞍替えする。あるいは逆に、彼が画家や映画監督なら、映画や絵画について果てしない批評的言辞を展開し、進んで芸術をその批評に還元する。彼はまたエクリチュールにおさらばして、雑文書きに身をやつし、学者だの、知的理論家だのに変身し、言語のあらゆる肉感性をとり払った、道徳的な場所からしかけっしてものを言わないということもありうる。彼はこうしてついには、あっさりと廃業し、書くことをやめ、仕事を変え、欲望を変えることができる。

不幸なのは、こうした破棄がつねにうまくいかないことだ。あるいは、この破棄が芸術の外でおこなわれて、場違いなものになってしまうか、あるいは、芸術の実践に残ることに同意しながら、きわめてすみやかに回収されることを受け入れるか(アヴァンギャルドというのは、やがて回収される、こうした強情な言語である)。かかる二者択一の居心地の悪さは、言説の破棄が弁証法的な項ではなくて、意味論的な項でおこなわれることに存する。唯々諾々として破棄は、〈vs〉という記号論の大いなる神話に組み込まれる(白vs黒)。以来、芸術の破棄はパラドキシカルな唯一の形態を余儀なくされる(文字どおり、ドクサの反対へゆく形態)。パラダイムの両項は最終的には共犯の関係で互いに背中あわせになる。抗議する形態と抗議される形態のあいだに構造的な同意がなされるのだ。

(私はこの逆に、狡猾な顚倒によって、破壊には直接に興味を示さなくて、パラダイムを回避し、別の項を探す、そういう顚倒があると思う。第三の項、それは、しかしながら、綜合(ジンテーゼ)の項ではなく、エクセントリックな、未聞の項だ。ひとつ例をあげようか? おそらく、バタイユだ。彼は不測の物質主義(マテリアリズム)によって観念論の項の裏を掻く。そこでは、悪徳が、献身が、遊戯が、不可能なエロティシズム、等々が、場所を占める。かくして、バタイユは貞淑に性的放縦を対立させるのではない、……笑いを対立させるのだ)。

⁂

楽しみのテクストはかならずしも楽しみを綴るテクストではない。歓びのテクストはけっして歓びを物語るテクストではない。表象の楽しみはその対象と結ばれてはいない。ポルノグラフィは確実なものではない。動物学の用語を使うなら、テクスト的な楽しみの場所は擬態と原型の関係（模倣の関係）ではないといえる。ただ単に、騙され役と擬態の関係なのだ（欲望の、生産の関係）。

そうはいっても、象形と表象の弁別を立てなくてはならないだろう。

象形はテクストのプロフィールにおいて（どんな段階で、そしてどんなモードのもとであろうと）エロティックな身体を出現させるモードであるだろう。たとえば、

――作者がテクストのなかに姿を見せることがある（ジュネ、プルースト）。とはいえ、けっして直接的な伝記の姿をしてではない（そんなことをすれば、身体をはみ出すことになり、生に意味を与え、運命を鋳造することになるだろう）。あるいはまた、小説の人物にたいして欲望を抱くこともあろう（逃げ去る衝動によって）。あるいは最後に、テクストそれ自身が、模倣の構造ではなく、図表（ダイアグラム）の構造を取り、身体のかたちのもとにおのれを現し、フェティッシュなオブジェになって引き裂かれ、エロティックな場所と化する。これらすべての運動が、読むことの歓びには欠かせない、テクストのかたちを証明する。同様に、そしてテクスト以上になおのこと、映画はまちがいなくつねに形象的であるだろう（であるからこそ、やはり映画は撮るにあたいする）――たとえそれがなにものをも表象しないとしても。

　表象はといえば、表象は、欲望の意味とは別の意味をつめ込まれて、手のふさがった象形であるだろう。それは（リアリティ、モラル、本当らしさ、読みやすさ、真実、等々の）アリバイの空間なのだ。ここにまったき表象のテクストがある。バルベイ・ドールヴィイがメムリンクの処女のことを書く、――「彼女は垂直のポーズをとり、まっすぐに立っている。清らかな存在はまっすぐなのだ。物腰でも、身のこなしでも、純潔な女性だと分かる。淫らな女は体を引きずり、もの憂げで、身をかがめ、いつでもいまにも倒れそうになるものだ」。ついでに指摘しておくと、表象の手法はまた、〈学問〉(たとえば筆相学。この学では、文字のぐにゃぐにゃした感じから筆記者のだらしなさを結論づける)と同様に、芸術(古典小説)を胚胎しえたこと、したがって、表象はただちにイデオロギー的である、ということが、いかなるソフィスティケーションもなしに、正当なのである(意味形成の歴史的ひろがりによって)。なるほど、表象が模倣の対象として欲望それ自身を措定する、ということは非常にしばしば起こる。しかし、その場合でも、この欲望はけっしてフレームの、キャンバスの外へ出ない。欲望は人物たちのあいだをめぐる。欲望にひとりの宛先があるとしても、この宛先はフィクションの内部にとどまる(それゆえ、結果として、欲望を演者の配置のなかに閉じ込めておくあらゆる記号論は、それがどんなに新しいものであろうと、表象の記号論であるということができる。表象とは、これである、――なにものも出て行かない時、なにものもフレームの外へ飛び出さない時、――画布からも、書物からも、スクリーンからも)。

⁂

ひと言でも、どこでだろうと、テクストの楽しみについてなにか口にすれば、ふたりの警備員がすぐさまあなたに飛びかかって来る、——政治の警備員と精神分析の警備員が。軽薄であり、かつ/あるいは、有罪であって、楽しみは、あるいは怠慢であるか、あるいは空しいかだ、とのお達しだ。これが階級の抱く観念、イリュージョンというものである。

古い、きわめて古い因襲だ。快楽主義(ヘドニズム)というものは、ほとんどすべての哲学によって抑圧されてきた。ヘドニストの復権はマージナルな人びとにしか認められない、——サド、フーリエである。ニーチェその人にとってさえ、ヘドニズムはペシミズムなのだ。楽しみはたえず裏切られ、割り引かれ、過小評価されて、強力で高貴な諸価値の犠牲にされてきた、——〈真理〉、〈死〉、〈進歩〉、〈闘争〉、〈歓喜〉、等々のために。楽しみにたいして勝ち誇る勝者はなにかというと、〈欲望〉だ。だれしもつねに〈欲望〉については語るが、〈楽しみ〉についてはまったく語らない。〈欲望〉はエピステーメーの尊厳を贏(か)ちえるかもしれないが、〈楽しみ〉はまったく駄目だ。なんだか社会（われわれの社会だ）というものが、歓びを拒絶する（そしてそれを無視する）あまり、〈掟〉（と、その異議申し立て）の認識論(エピステモロジー)しか提示しえず、〈掟〉の不在、もっといえば、その無用性のエピステモロジーは提示しないかのごとくだ。おかしなものだ、この〈欲望〉の哲学の永続性というやつは（そのために、欲望はけっして満足させられることはないのだ）。欲望という言葉は〈階級の観念〉を露わにするものではないか？（ずいぶん粗雑で、しかも顕著な、うぬぼれの証拠だ。——〈民衆〉は〈欲望〉を知らない。——知っているのは楽しみだけだ、というのである）。

いわゆる〈エロティック〉な本（サドやその他の作家を例外とするために、当世風の手法による、とつけ加える必要がある）は、エロティックな場面というより、その期待、その準備、その昂ぶりを表象しようとする。であるからこそ、それらは〈興奮させる〉のだ。そしてそのシーンがはじまると、もちろん落胆があり、尻すぼまり（デフレーション）がある。換言すれば、それは〈欲望〉の本であって、〈楽しみ〉の本ではない。あるいは、より意地悪な言いかたをすれば、それらの本は精神分析が見るとおりの〈楽しみ〉を舞台に上せる（のぼ）のである。おなじ意味において、エロティックな本だろうと、精神分析の本だろうと、こうしたことはすべて、たいそう落胆させるものとなる。

〈精神分析のモニュメントは横切らなければならない、迂回するのではなく、——とても大きな都会の立派な道、その道を渡って人びとが、プレイしたり、夢みたり、等をすることができる、——そんなのはフィクションだが——そういう道のように〉。

〈テクスト〉の神秘主義というものがあるとみえる。——あらゆる努力が、しかしながら、テクストの楽しみを物質化し、テクストをして、他のものと同様に楽しみのオブジェとすることに注がれている。すなわち、テクストを人生の〈楽しみ〉（料理、庭、出会い、声、チャンス、等々）に近づけ、テクストを私たちの官能性の個人的なカタログに加えるか、あるいは、テクストによって歓びの裂け目、主観の巨大な喪失の裂け目をあけ、そうすることによって、このテクストを倒錯のもっとも純粋な瞬間、その隠密な場所と一体化するか。大切なことは、楽しみの領野を均（なら）して、実践の生活と観照の生活のいつわりの対立を廃棄することである。テクストの楽しみはまさにテクストの分離に向けられた権利の要求である。なぜなら、その名の特殊性をとおしてテクストが語ることとは、楽しみの遍在性であり、歓びの一所不住（アトピー）であるからだ。

書物の（テクストの）想念、そこではあらゆる歓びの関係が、――〈人生〉の歓びとテクストの歓びが、もっとも個人的な仕方で、編まれ、織られるだろう。そこではおなじひとつの想起（アナムネーシス）が、読書と冒険を把えるだろう。

どんな者であれ、どんな階層、どんなグループに属していようと、文化や言語を差別しないで、消費者の楽しみに、先の先まで（完全に、ラディカルに、あらゆる意味において）依拠した美学（この語がそんなにおとしめられていないとして）を想像してみること。その結果ははかり知れないもの、おそらく痛ましいものにさえなるであろう（ブレヒトは楽しみのそうした美学に着手した。彼の提案のなかで、これはもっともしばしば忘れられるものである）。

⁂

夢は受け容れ、支え、保ち、光のただなかにおく、――ときとしてメタフィジックでさえある、モラルの極度に繊細な感情を、人間関係の、洗練された差異の、もっとも微妙な感覚を、最高の文明の知を、ひと言でいえば、強度な徹夜の仕事だけが手に入れることができるはずの、未聞のデリケイトさをもって構成された、意識のロジックを。つまり夢は、私のうちにあって異質でも、異邦でもないもののすべてを語らせる。それはきわめて文明化された感情からなる、文明化されない逸話（アネクドート）なのだ（夢は文明化するものであろう）。

歓びのテクストはしばしばこういう微分されたものを舞台に上（のぼ）せる（ポー）。しかしそれはまたことなった形象（フィギュール）（とはいえ同様に細分化された）、不可能の感情からなる、きわめて読解可能な逸話（アネクドート）を提示することもある（バタイユの『マダム・エドワルダ』）。

テクストの楽しみとテクストの制度のあいだには、どんな関係がありうるだろう？その関係はきわめて稀薄なものだろう。テクストの理論は、それは歓びを前提とする。しかしその制度の未来となると、あまり期待できない。テクストの理論が樹立するもの、その正確な達成、その想定は、実践（作家のそれ）であって、けっして科学ではないし、方法でも、探究でも、教育法でもない。その原則そのものによってさえ、この理論が生み出すのは理論家か実践家（ライター）であり、いささかもスペシャリスト（批評家、研究者、教授、学生）ではない。テクストの楽しみのエクリチュールの障碍となるのは、ただ単に、あらゆる制度的な探究のもつ宿命的にメタ言語的な性格のみではない。それはまた、私たちが現に、生成の真の科学（唯一、精神的な後見をつけることなく、私たちの楽しみを受け入れることのできるもの）を抱懐することができないからである、——「……われわれは充分に繊細ではないので、生成のおそらく絶対の流れを知覚することができない。持続的なものは、平凡な水準に物事を要約し、引き戻す、われわれの粗野な器官によってしか存在しない、――なにひとつとしてそんな形態のもとでは存在しえないのに。樹木は一瞬ごとに新しいものである。われわれが形態を受け入れるのは、絶対の運動の繊細さを把握しないからなのだ」（ニーチェ）。

〈テクスト〉もまたこの樹木であるだろう。その（かりそめの）命名が可能であるのは、私たちの器官の粗雑さによるのだろう。私たちは繊細さの欠如によって科学的であるのだろう。

＊＊＊

意味の生成（シニフィアンス）とはなにか？　それは肉感的に生み出される限りにおいての意味である。

⁂

さまざまな方面で求められているのは、唯物論的な主体の理論を確立することである。この追求は三つの状態をとおして可能となろう。まず、旧来の心理主義的なやりかたを援用し、想像界（イマジネール）の主体をとり囲むイリュージョンを容赦なく批判すること（古典主義のモラリストたちはこういう批判に秀でたものだ）。それから、――あるいは同時に――より先に進み、純粋な交代、零度とその消滅の交代として記述された、主体のめくるめく分裂を認める（これはテクストの関心事である。なぜなら、そうは言わなくても、歓びはそこにおのれの消滅の戦慄をよぎらせることができるのだから）。最後に、主体を（〈多様な魂〉、〈死せる魂〉として）普遍化しうること、——そのことは主体をマス化したり、集団化したりすることを意味しない。この場合でも、テクストを、楽しみを、歓びを見出すのである、——「解釈する者はいったいだれか？ そうたずねる権利はない。実存するのは、解釈それ自体、力への意志の形式なのだから（〈存在〉としてではない、プロセスとして、生成として）、——それが情熱である限りにおいて」（ニーチェ）。

するとおそらく主体が戻って来る、——錯覚（イリュージョン）としてではなく、フィクションとして。ある種の楽しみは抽き出される、――個人としてのおのれを想像し、最後のフィクション、もっともめずらしいそれ、すなわちアイデンティティの虚構を発明する、ひとつの方法をとおして。このフィクションはもはや統一のイリュージョンではない。それとは反対に、社会の劇場である。そこに私たちは複数者を登場させる。私たちの楽しみは個人的なものである、――それは人格的（パーソナル）なものではない。

私に楽しみを与えたテクストを〈分析〉しようとこころみるたびに、私が見出すのは私の〈主観性〉ではない。私の〈個人〉であり、私の身体を他の身体から切りはなされたものとし、私の身体にその苦しみや楽しみを適合させるデータである。私が見出すのは私の歓びの身体だ。そしてこの歓びの身体はまた私の歴史的な主体でもある。

というのは、伝記的、歴史的、社会学的、神経症的な諸要素（教育、社会階級、小児の環境設定、等々）の、きわめて繊細な結合関係の最終段階においてはじめて、私は楽しみ（文化的な）と歓び（非文化的な）の矛盾した仕組みを律し、現に居心地の悪い思いをしている主体、あまりに遅くか、あまりに早く来すぎた主体として、私を記述するものであるから（この〈あまりに〉は、悔恨をも、過失をも、不運をも、指し示すわけではない。ただ単に、どこでもない場所へとさし招くだけだ）、——アナクロニックな、漂流する主体として。

読むことの楽しみの類型学を想像することができよう、——あるいは楽しみの読者たちの類型学を。それは社会学的なものではないだろう。というのは、楽しみは生産物の属性でもなければ、生産の属性でもないからだ。その類型学は、読むことの神経症の関係をテクストのめくるめく形式と結ぶ限りにおいて、精神分析的なものであるほかないであろう。フェティシストはよく親和するであろう、——切断されたテクストと、引用の、言い回しの、タイピングの断片化と、語の楽しみと。強迫神経症患者は肉感性を感じるであろう、——言葉に、入れ子になった二次言語に、メタ言語に(このクラスはあらゆる言語愛好者(ロゴフィール)、言語学者、記号学者、文献学者を集合させるだろう、——これらすべての、言語が戻って来る人たちを)。偏執狂者(パラノイアック)は、ねじれたテクスト、論証のように展開される物語、ゲームのように提示された構造、秘密の緊縛、それらのテクストを読み耽り、生産するであろう。ヒステリー患者(強迫神経症患者とはずいぶんことなる)についていえば、彼は、テクストを現金と勘ちがいする者であるだろう。彼は、言語による、背景も、真実もない、コメディーのなかに入ってゆくだろう。彼はいかなる批評のまなざしの主体でもないだろう。彼はテクストを横切ってゆき、身を投げるだろう(これはテクストに自己を投影するのとはまったく別のことである)。

＊＊＊

〈テクスト〉が意味するのは〈織物（ティシュ）〉である。とはいえ、これまではいつも織物（ティシュ）を、ある製品、完成したヴェール、その背後に、多かれ少なかれ隠された意味（真理）がひかえているものと解してきたが、私たちはこれから織物（ティシュ）というとき、たえざる絡みあいをつうじて、テクストがかたちづくられ、錬成されてゆく、生成の思想にウエイトをおこうと思う。この織物（ティシュ）――このテクスチャー――のうちに失われて、主体は解体される、――みずからの巣を編む分泌物のうちに、おのずから溶解してゆく蜘蛛のように。新語（ネオロジズム）がお好きなら、テクストの理論を蜘蛛の巣理論 *hyphologie* と定義してもよいだろう（*hyphos* とは、織物（ティシュ）であり蜘蛛の巣である）。

テクストの理論は、意味の生成（シニフィアンス）（ジュリア・クリステヴァがこの語に与えた意味で）を歓びの場として名ざし、テクストの実践におけるエロティックでクリティックな価値を擁護してきたけれども、その提言はしばしば忘れられ、抑圧され、窒息させられている。それでも、つぎのことはいっておかねばならない、――この理論が目ざすラディカルな唯物論は、楽しみの、歓びの思想なしに考えうるものであろうか？過去の少数の唯物論者は、各人それぞれの流儀において、エピクロスにせよ、ディドロにせよ、サドにせよ、フーリエにせよ、すべからく公然たる幸福主義者たちではなかったか？

しかしながら、テクストの理論における楽しみの地位はたしかなものではない。ただこれだけはいえる、——やがてある日、すこし理論のねじをゆるめ、くり返され、粘着性を帯びる、言説の、個人言語の、位置をズラし、問いかけの揺さぶりをかける、喫緊な要があると感じるときが来るだろう。楽しみがこの問いかけである。些末な、ふさわしからぬ名称であるからこそ（今日、笑いを浮かべずに、快楽主義者（ヘドニスト）と自称する者がいようか？）、楽しみは、モラルへの、真理への——真理のモラルへの、テクストの回帰をさまたげることができる、——間接的に、いうならば、〈スリップ〉するようにして。そうでなければ、テクストの理論はまた、中心のあるシステムに、意味の哲学に、逆戻りするであろう。

＊＊＊

楽しみが宙づりにする力はけっして充分には語られていない。それはまさしくエポケーであり、中断であって、容認された（みずからによって容認された）あらゆる価値を、遠くからフリーズさせるものだ。楽しみはニュートラルである（悪魔的なもののもっとも倒錯した形態）。

あるいはすくなくとも、楽しみが宙づりにするものは、意味内容（シニフィエ）の価値——（正義の）〈立場〉である。「掃除人夫のダルメスは当時、王に向かって発砲した廉（かど）で裁判にかけられたが、政治思想のパンフレットを起草している……。ダルメスのペンのもとでもっとも頻繁に出てくるのは、アリストクラシー aristocratie である。彼はこれを *haristaukrassie* と書く。そんなふうに書かれた言葉は、かなり恐るべきものだ……」。ユゴー（『石』）は意味（シニフィアン）の主体の奇矯さを鮮烈にとらえている。彼はまたこのスペルの些細なオルガスムが、ダルメスの〈思想〉に発していることを知っている、——ダルメスの思想、すなわち彼の価値、彼の政治信条である。書くこと、名づけること、スペルをまちがえること、吐き出すことを、同一の運動によっておこなわせる価値評価である。しかしながら、どんなに退屈だったにちがいないことか、ダルメスの政治的パンフレットなるものは！

テクストの楽しみとは、それだ。シニフィアンの豪勢な位階にまで昇りつめた価値。

⁂

もしテクストの楽しみの美学を想像することができるなら、つぎのものをそこに加えなくてはなるまい、――大きな声で読むエクリチュールを。この声のエクリチュール（これはけっして口語（パロール）ではない）は、だれも実践していないが、アルトーが要請し、ソレルスが要求するのは、おそらくこういうエクリチュールである。これが存在すると仮定して、その話をしよう。

古典古代においては、修辞学には、その時代の注釈者によっては忘れられ、検閲された一分野が含まれていた、――*actio*［実行］であり、言説を身体的に外在化することを可能にする秘訣の総体である。表出の劇が問題となり、声優＝役者は怒りや同情等を「表現」したのである。大きな声で読むエクリチュール、それは表現するものではない。それは、表現の問題に関しては、現象（フェノ）のテクスト、コミュニケーションの規則的なコードにゆだね、自分の領分としては、発生（ジェノ）のテクスト、意味の生成（シニフィアンス）に属するのである。それは、ドラマチックな抑揚や、悪戯っぽいイントネーション、悦に入ったアクセントによるのではなく、声の粒子によってはこばれてゆく。それは音色と言語のエロティックな混淆であり、それゆえ、これもまた朗読法（ディクション）にひとしいものとなり、芸術のマティエール、みずからの身体をみちびく芸術となるのである（極東アジアの芝居における声の重要性はそこに存する）。口舌の音を考慮に入れた、大きな声で読むエクリチュールは、音韻的なものではなく、音声的なものである。その目標はメッセージの明晰さや情緒の演劇にはなく、それが求めるものは（歓びの観点からすると）、衝動的な偶発事である。それは皮膚のつづれ織りになった言語、喉の粒々、子音の艶、母音の肉感性、ふかぶかとした肉体のステレオを聞くことのできるテクストである。身体の、口舌の調音であって、意味の、言語の調音ではない。ある種のメロディーの技法がこういうヴォーカルなエクリチュールのアイディアを与えてくれる。しかしメロディーは死物であるから、今日ではこれをもっとも容易に見出すことができるのは、おそらく映画においてだろう。実際、映画が至近から口語（パロール）の音声を拾い（これがつまりエクリチュールの〈粒子〉の一般的な定義である）、その物質性において、その肉感性において、息を、しゃがれ声を、唇の果肉を、ありとあらゆる人間の鼻づらの実在を、耳に聞かせてくれればよいのである（声が、エクリチュールが、動物の鼻づらのように、フレッシュで、しなやかで、すべりがよくて、細かくざらざらして、振動してくれますように）、——意味内容（シニフィエ）をうんと遠くへ打っちゃり、いうならば、役者の匿名の身体を私の耳に投げ込んでくれるとよい。そいつ［ça イド］はね、粒々してるんだ。ぱちぱちはねる。愛撫する。ラップする。ブツブツ切る。——やつはね、よがるんだよ。

Dérive［漂流］、38
Dire［語る］、39
Droite［右翼］、45
Échange［交換］、47
Écoute［聴いている］、49
Émotion［情緒（エモーション）］、50
Ennui［倦怠（アンニュイ）］、52
Envers［さかしま］、53
Exactitude［正確さ］、54
Fétiche［フェティッシュ］、55
Guerre［戦争］、56
Imaginaires［想像界（イマジネール）］、67
Inter-texte［間テクスト］、72
Isotrope［等方的］、74

Langue［国語］、75
Lecture［読むこと］、76
Mandarinat［特権的知識階級（マンダリン）］、77
Moderne［モデルヌ］、81
Nihilisme［ニヒリズム］、89
Nomination［命名］、91
Obscurantisme［蒙昧主義］、94
Œdipe［オイディプス］、95
Peur［恐怖］、98
Phrase［文（フレーズ）］、100
Plaisir［楽しみ］、104
Politique［政治的］、107
Quotidien［日常］、108
Récupération［回収］、109

Représentation［表象］、112
Résistances［抵抗］、115
Rêve［夢］、121
Science［科学］、122
Signifiance［意味の生成（シニフィアンス）］、124
Sujet［主体］、124
Théorie［理論］、129
Valeur［価値］、132
Voix［声］、134

訳者解説——演者としてのロラン・バルト

この夏、僕にはなんにも起こらなかったな、文（フレーズ）以外には、なんにもね、フロベールも言ったようにさ。テクストの楽しみ le plaisir du texte について小さな本を書いたよ。でも、こんなに苦しんで、恐怖も味わって、これが出版者に渡せるものかどうかさえ、わからないんだ。たぶん、無駄骨ってことになるんだろうね。きみにはもちろん見せるつもりだ。［……］

——バルト「ソレルスへの手紙」（一九七二年九月五日。ソレルス『ロラン・バルトの友情』より）

本書はロラン・バルトが一九七三年にスイユ社から出した主著——Roland Barthes, *Le plaisir du texte*, Seuil, 1973——の新訳である。

一九七二〜三年はバルトにとって画期的な年だった。

彼は本を刊行することをもって人生に区切りをつける、その意味で書物と生が絡みあい、「ロラン・バルト」という多彩で雑色、古代ギリシャ語にいう〈ポイキロス（雑多な、多彩な、斑点のある）〉のパッチワーク、つぎはぎだらけのアルルカンの衣装を織りあげるような生涯を送った人だったが、いまここで『テクストの楽しみ』（と、それの書かれた年）を画期的であるというのは、──最新のティフェーヌ・サモヨーの伝記『ロラン・バルト』（二〇一五年）によれば「転回点」、エレーヌ・シクスーによれば「検閲の解除」となった一書──この本で初めて彼は、ある主題について論じる、という従来の論考のスタイルを棄て、いうならば捨身の（裸身の）スタンスをとったからである。

本書がなにに似ているかといって、もっとも似通っているのは最初の著作『零度のエクリチュール』（一九五三年）だろう。しかしヴォリュームにおいて本書とおなじ軽量のこのバルトの出発を画する一篇は、なんといっても「零度のエクリチュール」なる謎めいた題目について論述する、という伝統的な論文の書きかたを保っている。

以後、『ミシュレ』（一九五四年）、『現代社会の神話』（一九五七年）、『ラシーヌ論』（一九六三年）、『モードの体系』（一九六七年）、『記号の国』（一九七〇年）、『S／Z』（同）、『サド、フーリエ、ロヨラ』（一九七一年）とつづく一連のバルトの著書は、それぞれ──相当の留保をつけてではあるが――、ミシュレ論、現代神話論、ラシーヌ論、ファッション論、日本論、バルザックの短篇論、サド・フーリエ・ロヨラ論と、限定された主題をあつかうモノグラフィーの性格を失っていなかった。

このことは『テクストの楽しみ』以降の著術についても、ある程度あてはまる。彼はこれ以後、『バルトによるバルト』(一九七五年)、『恋愛のディスクール・断章』(一九七七年)、『作家ソレルス』(一九七九年)、『明るい部屋』(一九八〇年・没年)と、四冊の重要な作品を著すが、これらの本も、大雑把なカテゴリーとしては、それぞれ自伝、恋愛論、ソレルス論、写真論と、主要なテーマに沿ってゆるやかに一冊ごとに括られていることがあきらかである。

本書と同時期に書かれたテクストについても同様で、よく似たテーマをあつかう「エクリチュールについての変奏」(一九七三年)も、タイトルから知られるように書記(エクリチュール)の歴史的変遷を論じた考察であって、『テクストの楽しみ』とは性格を異にしている。この点についてはアントワーヌ・コンパニョンが、「ロラン・バルトの〈小説〉」(『ロラン・バルトの遺産』所収)で、次の論評を加えているから参考にしたい、――「カルロ・オッソラが最近『テクストの楽しみ』との対幅の一方として刊行した「エクリチュールについての変奏」のことだが」と断わって、「こちらは[『テクストの楽しみ』のような]幸福感に満ちたリズムをそなえてはいない(バルトが記述を水増しするさい、注文に応じた場合でも、それが幸福なものではないとき、二番煎じの彼の文章は、たとえば恣意的な学殖を部分的に見ただけで、たちまちそれと分かってしまう)」と、ネガティブな評価を与えている。

それゆえ編者のオッソラが同書の序文で、「エクリチュールについての変奏」と『テクストの楽しみ』の二篇を、「ただひとつの計画」にもとづく「ただひとつのエッセイ」と一本化して論じるのは、いささか牽強附会の感をまぬがれないだろう。

もう一冊、やはり本書との関連で参照を欠かせない同時期の論文、「テクスト(のテオリー)」(一九七三年)と題した考察も、部分的に本書『テクストの楽しみ』と同文が含まれてはいるが、流麗でなだらかな論旨の展開をみる限り、エクリチュールに微細な亀裂が走り、散乱するfragmentsの粒子が読む者を歓びへいざなう『テクストの楽しみ』とは、その声のきめを別にするといわなくてはならない。

それほど『テクストの楽しみ』はバルトのエクリチュールの変遷において特異な事件だったのである。一九七三年、五十八歳の年に、『テクストの楽しみ』を書くバルトの核心をつらぬく、突然変異の変容が起こったとしか考えられない。

むろんこれは、人生におけるなんらかの出来事の結果ではなく(一九七七年にバルトを見舞った、最愛の母の死はまだ起こっていない)、『テクストの楽しみ』というエクリチュールの強度が、もっぱら引き起こした地殻変動である。

『バルトによるバルト』でＲＢ（ロラン・バルト）がみずからの知の遍歴を四つの位相に分類し、本書『テクストの楽しみ』をモラリティのフェイズに位置づけたことはよく知られている。ジャン＝クロード・ミルネールの『ロラン・バルトの哲学的歩み』（二〇〇三年）によれば、「〈記号〉の幾何学は支配力を失った。しかしこれ［記号の幾何学］は、新しい主人、すなわち〈楽しみ〉の意のままになりながら、役に立つ召使いでありつづける」ということである。

「モラリティ moralité」は一般に「道徳性」と訳されるが、分類者本人（ＲＢ）の注解によれば、モラルとはまったくの別物であり、「言語の状態にある身体の思考」といわれる。てっとり早くいえば、書く人の身体をモラル（精神）のレベルで考える、ということである。

本書の結末近くにあらわれる、もっとも印象的な一行（丸括弧内は『テクストの楽しみ』の各断章にバルトがつけたタイトルを表す。以下同様）、――

するとおそらく主体が戻って来る。（Sujet［主体］）

という（今日では人口に膾炙した）一節が、この「モラリティ」の内実を的確に告げていよう。バルトは主体の身体、作者の身体、すなわち〈私〉が戻って来た、と言うのである。

この一行は、本書の前半にあらわれる、もう一方の耳慣れた一行、——

制度としての作者は死んだ。(Fétiche［フェティッシュ］)

という（やはり今日ではあまりによく知られた）バルテジアン（バルト的）な宣言を受けて、ふたつの文が音楽にいう対位法によって構成されていることが見えてくる。

バルトが「作者の死」と題した論考を発表したのは一九六八年のことだった。本書が、六八年の「制度としての作者は死んだ」から七三年の「主体が戻って来る」まで——作者の死からその回帰にいたる、——一種小説的な、しかしあくまでも論文としての規矩を失わない、〈原論〉の性格をもった文芸評論であることが理解されよう。

フィリップ・ロジェは『ロラン・バルト、ロマン』(Philippe Roger, *Roland Barthes, roman*, Grasset, 1986) のなかで、『バルトによるバルト』におけるバルトの自作のフェイズ分けにふれて、作者自身が「モラリティ」の位相に振った『テクストの楽しみ』を、それに先行する「テクスト性」の「絶頂 apogée」とみるべきか、そこからの「暇乞い congé」とみるべきか、と問うている。

そう問う限りにおいて、「モラリティ」のフェイズの後にやって来る「ロマネスク」なテクストの最初の一冊に、『テクストの楽しみ』を類別することが可能になる。バルト自身、この位相表に（ユーモアにも欠けていない）注釈をつけて言うように、「これらの時期 périodes のあいだには、いうまでもなく、重なりあう部分、逆戻りする部分、なじみあう部分、生き延びる部分がある」のだから、当然、先行する部分、予見する部分、未来を先取りする部分もあっただろう。

『テクストの楽しみ』のそうした前後に錯綜するフェイズについては、『テクストの楽しみ』の「補遺 *Supplément*」と題した短文が興味深いことを述べている（「アート・プレス」四号、一九七三年五月〜六月）。

バルトはそこでつぎの予告をおこなったのである、——

私はおそらく一生涯かけてこの薄い本を推敲するだろう。この本に内部から補遺をほどこすだろう。

「この薄い本」とは、いうまでもなく本書『テクストの楽しみ』を指す。「補遺」と題されているように、これは『テクストの楽しみ』の一部をなして、バルトによって割愛されたパートなのだろうか。あるいは『テクストの楽しみ』に付加すべき一節だったのか。

『テクストの楽しみ』全体が、こうした補遺の補足された冊子だったのかもしれない。いや、『テクストの楽しみ』は、全体などというものはもともと存在しない、補足や補遺の集成だったのだろう。

ここには、補足する（suppléer）ものが本体の場所にとって代わる、というデリダの脱構築でお馴染みの思想がある。〈代補〉が本文以上の価値をもち、本文の場所を奪うのである。デリダは「ポエティック」誌47号（一九八一年九月）のバルト追悼文「ロラン・バルトの複数の死 *Les morts de Roland Barthes*」で、最後の著作『明るい部屋』で論じられる写真の「亡霊」的な〈戻って来る〉再帰性にふれて、「われわれは supplément〔代補〕のファントムのような力の餌食になっている」と書いた。

そう、バルトは『テクストの楽しみ』の「補遺」と題した短文で、「supplément のファントムのような力の餌食に」なりながら、「この薄い本」を一生かけて書きつづけると言明したのである。

したがって『テクストの楽しみ』は、後続する『バルトによるバルト』、『恋愛のディスクール・断章』、『明るい部屋』だけではなく、死の直前までつづいたコレージュ・ド・フランスの講義『小説の準備』[1]や、ついに書かれずに終わった幻の企図 projet「新生 *Vita Nova*」にも接続する、核となる作品であることが明白になる。

バルトの言語活動の総体を、この小さな核 petit noyau〔プルースト〕——『テクストの楽しみ』の核分裂する光景としてとらえることができる。

そこで浮上することとして、後期バルト——ここにも見きわめがたい時期の問題がよこたわるが、とりあえず『テクストの楽しみ』以後——の、もっとも謎めいた問いかけを構成する、ロマネスク、あるいは小説 roman の問題系が現れて来るのである。

バルトは『テクストの楽しみ』のころは短いことに美徳を見出していたのだが、『小説の準備』を講義する最晩年には、〈短い〉形式としてのメモや日記やノートやアルバムを、〈長い〉形式としてのロマンに生成させるために苦慮しはじめたのだろうか？

それとも彼は小説に踏み出す「域〔閾〕seuil」の場所に永久に留まろうとしたのか？

そこで足踏みしつづけることが、RBの flâneur〔遊歩者〕としての久しい歩みだったのか？

バルトは一九八〇年三月二六日の死〔享年六四だった〕に、ちょうどひと月ほど先行する二月二五日の交通事故の直前、コレージュの講義録『小説の準備』で、一生を振り返るような位置に自分をおきながら、みずからの転回の時期を『テクストの楽しみ』に求める発言をくり返している。

一九八〇年一月十九日の〔バルトのもっとも重要な〕講義では、『テクストの楽しみ』でも耳にした「作者の回帰」、「伝記への回帰」を語りながら、——

　私にとって［……］、顚倒 bascule は『テクストの楽しみ』のときに起こった。

と、本解題の傍証となるような証言をおこなった。「顚倒」とはバルトにとって回心、あるいは転身を告げる言葉である。さらにつづけて——

　理論的な超自我が危殆に瀕した。愛するテクストの回帰。作者の〈抑圧からの解放〉、あるいは〈脱-抑圧〉。↓私の周辺でも——定義の問題には踏み込まないとして、——伝記的星雲（日記、伝記、個人を対象とするインタビュー、回想録、等々）とでも呼ぶべきものへの好みが、ちらほらと表明されるようになったと思われた。［……］〈自我〉にもうすこし語らせてやり、〈超自我〉や〈イド［Ça. エスとも。フロイトの用語］〉にばかり語らせておかないこと。↓伝記的〈好奇心〉がそのころ私のうちで自由に展開された。

　この講義をおこなったときバルトの念頭にあったのは、フィリップ・ルジュンヌの『自伝契約』だっただろう。ルソー（『告白』）、ジード（『日記』）、サルトル（『言葉』）、レリス（『幻のアフリカ』、『成熟の年齢』）などをあつかったこの著書は、『テクストの楽しみ』の二年後、一九七五年に刊行された（おなじ著者による『フランスにおける自伝』は一九七一年刊）。

ロラン・バルトにおける理論書から自伝への回帰は、――いずれにせよ「［バルトの］仕事は自伝に帰着するしかなかった」（スーザン・ソンタグ）としても、――そうした七〇年代前半の思想潮流のなかで要請されたものだった。

バルト没後、ソレルスの『女たち』（一九八三年）、デュラスの『愛人』（一九八四年）、ロブ＝グリエの『戻って来た鏡』（一九八五年）などの自伝小説の流れは、バルトの『バルトによるバルト』が先鞭をつけ、それに直接後続するものとなった。

『小説の準備』における『テクストの楽しみ』への言及に話を戻すと、一九七九年三月十日の講義では、『バルトによるバルト』や『恋愛のディスクール・断章』や『偶景』（「モロッコにて」）と、それ以前に書かれた『テクストの楽しみ』を同列において、そこにジョイスの聖性顕現（エピファニー）に似た〈偶景〉の記述を見出していることが注目される、――

こうした〈エピファニー〉のジョイス的な経験は、私にとってとても重要だ。それは私が〈偶景〉と呼ぶ、よく似た形式の個人的探求に、ぴったり当てはまるものである。『テクストの楽しみ』や『バルトによるバルト』や『恋愛のディスクール・断章』や、末刊のテクスト（「モロッコにて」）〔……〕において断片的に試みてきた形式で、つまり私は間歇的に、しかし執拗さをもって、その周囲をめぐってきたということだ。——それゆえ私は、その困難も、その魅惑も、よく経験しているものなのである。

これは意外な発言である。『バルトによるバルト』や『恋愛のディスクール・断章』と『テクストの楽しみ』が同一のパラダイムにおいて回想されることもさることながら、タイプも違えば、エクリチュールもスタイルも異にする、これら三篇の最主要な作品、とりわけ『テクストの楽しみ』に、バルトが〈小説〉への仕かけにおいてしばしば足がかりとした〈偶景〉が見出されるというのである。

RBが〈偶景 Incidents〉というバルト語を明確に定義するのは、『テクストの楽しみ』の二年後、一九七五年に刊行された『バルトによるバルト』においてであった。したがってバルトがコレージュの『講義』で、『テクストの楽しみ』に偶景があるというのは、いささか時間錯誤的（アナクロニック）な回顧の発言と考えるべきだろう。

『バルトによるバルト』の「本の企図」と題された断章の末尾に、（その時点で）最後に計画している本のタイトルとして『偶景』と記され、さりげなく（RBに特徴的な丸括弧をつけて）以下のしばしば引用される一文が見出される、——

（ミニ・テクスト、襞 plis、俳句、ノート notations、意味のたわむれ、すべて落ちるもの、一枚の葉 feuille のように）

『テクストの楽しみ』における偶景（エピファニー、ミニ・テクスト）とは、いかなるものであろうか？　いや、そもそも、このエッセイとも、評論とも、哲学的断章ともつかぬ、ヌエのようなテクストに、――テクストと名づけるしかないテクストに――ロマネスクな偶景なるものを求めることがゆるされようか？

偶景、ミニ・テクスト、アルバム、日記、断章、メモ、ノート……と、あるべき本の姿をめぐって模索をつづけるバルトの脳裏に、一冊の書物が浮かびあがってくる。彼が文学の精髄と考える「小さな本」、ないしは「純粋な本」、――ヴァレリーの『テスト氏』（一八九六年）である。

『テクストの楽しみ』では、ふたつめの断章ではやくも、――

ある人物のフィクション（さかさまのテスト氏ともいえる）。（Babel［バベル］）

というフレーズのなかに、ヴァレリーのみならず、フランス文学史上屈指のヒーロー、〈知性の魔〉と称されるテスト氏が、（またしても丸括弧のなかに）登場して来る、——「（さかさまのテスト氏）」と。

いや、さかさまであるだけではなく、この人物はもっとあいまいに、「（テスト氏ともいえる）」と留保をつけられる。いわば謎のテスト氏は、二重、三重の括弧と韜晦と虚構化の果てに、その晦渋な姿をわずかにかいま見させるのである。

書き出しの「ある人物」とは読者であり、「私」でもあるのだが（まだ一人称の「私」は登場しない）、この人物を「（さかさまのテスト氏）」と呼び、あまつさえバルトはこの人物にフィクションの仮面をつける（「ある人物のフィクション」）。

『テクストの楽しみ』と『バルトによるバルト』という重要な二著が、二年のあいだに踵を接して出版され、そこに〈（自伝）小説の準備〉のテーマがすでに現れることに注意したい。『バルトによるバルト』で使われる手法のひとつは、とスーザン・ソンタグは書く、——「この自伝作家が自分自身のことを「私」と呼んだり、「彼」と呼んだりすることである」（「書くこと、ロラン・バルトについて」）。「パフォーマンスというメタ・カテゴリーのもとに、自伝とフィクションのあいだの境界線が沈黙させられるだけではなく、エッセイとフィクションのあいだの境界線も沈黙させられるのだ」（同）。そしてソンタグは『バルトによるバルト』

の断章「〈私 Moi〉の本」から、「エッセイをして、ほとんど小説であると告白させよう」という一節を引く。これにつづけて『バルトによるバルト』には、「固有名詞のないロマン」なるバルテジアンな小説の定義が出てくる。ティフェーヌ・サモヨー（前掲伝記『ロラン・バルト』）は、「固有名詞のないロマン」という表現には留保をつけながら、バルトが「一篇のロマンを書くことは、まったく不可能というわけではなかった」と言明している。

『バルトによるバルト』の刊行時（一九七五年二月）におこなわれたドニ・ローシュによるインタビュー「ロラン・バルトが本を書く……ロラン・バルトについて」でバルトが直截に言う、――「つまり一種の知識人の小説が問題なのです」とある、あの謎の〈小説〉という（バルトが読者に慎重な仕種をもって用意した）一種の罠である。

『テクストの楽しみ』刊行時の、もっともバルトの本音に近づいたインタビューでは、――

私がけっして〈ロマン〉を書かないということはありえますね、――すなわち、登場人物と時制を賦与された物語を、ということですが。でも、私がかくもやすやすとこうした断念を受け入れるというのは（だって、ロマンを書くってのは、ずいぶん気持ちのいいことにちがいないじゃありませんか）、私の書くものがすでにロマネスクなもので塡っまっているってことにほかならないんですよ（ロマネスクというのは、登場人物のいないロマンなんです）。それで、本当のことをいうと、目下のところ、あんまりファンタスマティックじゃない仕かたで、自分の仕事の新局面に直面している今はですね、私がやりたいことというのは、ロマネスクな形式をこころみる essayer ことなんです。どの形式も〈ロマン〉の名をとらないで、しかも、どの形式も、もし可能ならロマンを更新しつつ、〈エッセイ essai〉の名を保っているということなんです。（「ガリヴァー」一九七三年三月号）

エッセイもロマンも呼び名の問題にすぎない、というのである。『テクストの楽しみ』を書く時期に、バルトはすでにエッセイとロマンのあいだで揺らいでいた、と。

彼がここで言う「登場人物のいないロマン」とは、たとえばソレルスの前衛的小説『法』（一九七二年）、『H』（一九七三年）や、ブランショがレシと名づけた小説『望みのときに』（一九五一年）、『私について来なかった男』（一九五三年）などを指しているだろう。

バルトのテクストがソレルスやブランショに似ているというのではない。バルトはソレルスやブランショより批評に近いところにいる。サモヨーによれば（前掲伝記）、「ブランショとちがってバルトにおけるニュートラルなものは、否定的なものでもなければ、言表しがたいものでもない」。そのことはしかし、バルトのテクストがブランショやソレルスより価値が低いというのではない。それどころではない。

エピグラフでも引いた『ロラン・バルトの友情』（スイユ、二〇一五年）でソレルスは、バルトのブランショにたいする「大きな讃嘆の念」について語っている。しかし、ふたり（ブランショとバルト）が似ているとはいえない、とソレルスは書く（同書）、——「というのも、ブランショの宣教によれば——文学はみずからの消滅におもむくべく書かれるのであって——楽しみのほうに向かってはいないのだから」。

「楽しみ plaisir」というとき、当然ソレルスは『テクストの楽しみ』のバルトを含意している（本解説のエピグラフを参照されたい）。バルトを自分に引き寄せるようにしてソレルスは、ブランショはバルテジアンな楽しみには向かない、と言明するのである。

ソレルスは皮肉っぽく、あるいは辛辣に、「ブランショ枢機卿」と呼ぶ。たしかにブランショには、深刻な、あまりに深刻な、どこか抹香臭いところがある、……。バルトはソレルスをブランショと会わせようとしたが、この出会いは失敗だったという、——

結局のところ、それは戦争だった。力関係はすこぶるブランショに有利にはたらいた。いうまでもないことだ。［……］その点では私はこの出会いについて、非常に奇妙な思い出をもつといわねばならない。それは即座の決定的な反感による雷撃だった。彼は私を嫌った。私はといえば、もうそんなことはない。（『ロラン・バルトの友情』）

ソレルスはバルト没後の一九八三年に書いた、（ソレルス自身はもちろん、バルトやクリステヴァも登場する）『女たち』以後いちじるしく通俗化し、ブランショは晦渋な作家として生涯一貫したが、バルトには、通俗的なソレルスと純粋なブランショの特徴をともにそなえた、強度な批評性があった。

そしてバルトはさきのインタビューで、『テクストの楽しみ』の有するそうした批評性を、エッセイという名で呼んだのであるが、この強度の批評性において、バルトはソレルスとブランショとの差異化を実行し、サルトル以後のフランス文学をになう最大の作家（エクリヴァン）たりえたのだ（バルトの愛用する「エクリヴァン」は、小説家だけではなく、評論家、エッセイスト、詩人など、文筆家一般を含む。本書で作家（エクリヴァン）とルビを振るゆえんである）。

このときバルトの脳裏には、ヴァレリーの『テスト氏』、サルトルの『言葉』（一九六三年）、そして『テクストの楽しみ』という、「小さな本」による、フーコーのいわゆる考古学的な系譜学が成立したのだった。

最晩年の『小説の準備』の講義（一九八〇年一月五日）でバルトは、ひとつの断章に「純粋な本」という小見出しをつけて、『テスト氏』と『テクストの楽しみ』の相同性をうち明ける枢要な一節を残している、――

トータルな書物の対極に、短い、濃密な、純粋で、本質的な、書物の可能性がある。小さな本、〈純粋な本〉、あるいは、マラルメが言うように（一八六九年）、――大きな計画のかたわらに、「ある奇妙な小さな本、非常に神秘的で、すでにいくらか教父たち（つねに宗教の書の母体がある）の本に似たところがあり、きわめて蒸留されて、簡潔な……」。私はそういう〈純粋な本〉の例として、私の好みによって、ヴァレリーの『テスト氏』を挙げたい。濃密な本であり、ある意味では〈トータル〉な本である。なぜなら、意識総体の経験そのものを省略的に蒐集しているのだから。

そして、そのすこしさきで、もう一度、――

最後に、集約され、精髄だけを残した〈書物〉（『テスト氏』）。

これはそのままバルト本人による『テクストの楽しみ』の命名 nomination ではないか。「ある奇妙な小さな本」、「きわめて蒸留されて、簡潔な……」、「意識総体の経験そのものを省略的に蒐集している」（傍点引用者）……。

『小説の準備』でバルトはくり返し『テクストの楽しみ』を振り返り、その深淵をのぞき込んでいるようである。

ここで『テクストの楽しみ』から――いままで保留にしておいた――いくつかの〈偶景〉を引用しよう。

「ある人物のフィクション」として「（さかさまのテスト氏［……］）」を登場させた件りはすでに述べたが、本書でいわゆる〈主人公（読者＝私）〉が文字どおり「私」という名前で登場して来るのは、ようやく三つめの断章（章題では二つめ）の冒頭においてである。

通常の登場の仕かたではない。この人物は全文に丸括弧をつけた文章のなかで、しかも、つまずいたり、混乱したりして姿をみせるのだ。バルトがいかに周到に、あるたくらみをもって、丸括弧をもちいているかが理解されよう、――

（楽しみ／歓び。専門用語としては、これはまだ揺れ動いている。私はつまずき、混乱する。［……］）（Babel［バベル］）

これが「私」の初顔見世である。奇妙な顔見世である。評論のヒーローとしては（アンチ・ヒーローとしても）、まったく異例としか言いようがない。

丸括弧はまだよいとして、スラッシュ（／）をあいだにして、楽しみと歓びが向かいあって歓楽の限りを尽くしている。そのありさまを観察する、――というより、覗きみる――「私」の韜晦ぶりがうかがわれる場面だろう。

「楽しみ」と「歓び」をバルトは「専門用語」と呼ぶ。いわゆる論文の用語としてはおかしくないかもしれない。が、突如として、前後の脈絡もなく「私」と来ると、それこそ読者（あなたであり、私のことだ）は「混乱」せざるをえない。

ここでは「楽しみ」と「歓び」というふたつの名詞の性別 genre に注意したい。フランス語では「楽しみ le plaisir」は男性名詞であり、「歓び la jouissance」は女性名詞である。[2] すなわち、このロマネスクな装いをもつ人物である「私」は、男（「楽しみ」）と女（「歓び」）の性的な歓楽（オージー）を前にして、「つまずき、混乱する」のだ。

しかも、この楽しみの男も、この歓びの女も、つまずき、混乱する「私」の分身、ある意味では同一人物であるのだから、三者のあいだの「混乱」は極限に達する。しかも、同書の別のところ（「Commentaire〔注釈〕」と題した断章）で、批評の楽しみについて「私は楽しみの覗き屋になればよい」と言うのだから、なおさらである。

かくして「私」は二重、三重に倒錯した人物になるわけだが、とりわけここではこの「私」が、男性と女性の合体したホモセクシャルな身体をもつ、両性具有的（エルマフロジット）なアクター（演者）であることが浮かびあがって来る、――まるで現像液に浸されて印画紙に人物（「私」）の画像が浮かび出るように。

これは『バルトによるバルト』とおなじ、いや、それに二年ほど先行し、それ以上に手の込んだ、おのれの倒錯を告白する奇怪なセルフポートレイト（自伝）であるといわなければならない。

RBは『テクストの楽しみ』のいくつかの場面で自身のホモセクシャリティを仄めかす。ある意味では全篇にホモセクシャルな〈恋愛のディスクール〉のヴェールがかけられているが、見やすいところでは、テスト氏が仮面をつけ、さかしまになって登壇して来るのを見た、そのつぎの段落である。

ここでは冒頭からして、「もし私が……」と、「もし」という仮定のもとに演者が名乗り出る。この疑似ヒーロー（アンチ・ヒーロー）をよく観察してみよう。

ここで「私」と名乗った演者は読者ではない。読者は作者に入れ代わっている。そこで、作者が楽しんで書けば、読者も楽しんで読んでくれるだろうか？　と「私」は自問する。〈楽しみ〉、あるいは楽しみの〈私〉を軸に、作者と読者が転回することは可能か？

「けっしてそんなことはない」と、この自問は即座に否定される。「わが読者を、私は探さなくてはならない」。そのあとで、やはりバルトお気に入りの丸括弧をつけて（重大な秘密を耳打ちするように）、――

（彼を〈クルージング〉しなくてはならない）（Babel［バベル］）

ここで「私」の正体が、――ぼんやりとではあるが――あきらかにされる。クルージングと訳したのは原文ではdraguer。ゲイがつかう隠語で、男を漁ることである。原義は浚渫船で海底を浚渫する（水底の土砂や岩石をさらう）ことを言い、クルージングはヨットで周遊することを言う。泥浚（どろさら）いとゲイの猟色と、バルトは両方の意味をかけて使っているから、おなじ船の縁語でこの訳語（クルージング）をあてはめることが許されよう。RBが遺稿「パリの夜」（『偶景』所収）で夜の街を猟色する自分の姿を点綴したことはよく知られている。

彼のテクストはflâneur（さまよう人）として偶然の出会いを求めて彷徨するRBの姿（フィギュール）を抜きにしては理解しがたいものなのだ。そもそも『テクストの楽しみ』のキー・ワードである「歓び」が、ゲイの倒錯行為における歓楽を暗喩している。

バルトのflâneur（散策者）とはdragueur（ゲイの猟色家）の謂いだったのである。そう考えると、本書に頻出する「一所不住（アトピー）」とは、バルテジアンなエクリチュールの一所不住（アトピック）な様相を表すと同時に、これをいったん現実のレベルに転換するなら、夜のパリにうろつくRBの欲動の足どりをさしていたことが了解される。

『テクストの楽しみ』の断章「Nomination［命名］」には、Aという人物を登場させて、——

Aは私にうち明ける、——母さんがふしだらなのは我慢できないけどね——親爺だったら、我慢しちゃうかもね。そしてこうつけ加える、——おかしいかな、これって？ ちがう？

これなど「私」とAのあいだに——ある程度——ホモセクシャリティを想定しなければ理解しにくいエピソードだろう。そのもっとも端的な例は、政治にこと寄せてソドミックな関係に言及した、——

テクストは〈政治的な父親〉に自分のお尻を見せる無作法な人物である（にちがいない）。（Politique［政治的］）

さらに「純粋な本」としての『テスト氏』に言及した翌週、一月十二日（死のおよそ二か月前）の講義になると、「色欲 Concupiscences」と題して、クルージングの実態をあきらかにする、こういうRBの赤裸な告白を聞くことができる、——

〈現世［le］monde〉のもうひとつの姿、——「つかの間の被造物にたいする執着」（パスカル）、あるいは、十八世紀にいわれたような、色欲。↓現代の言葉では、クルージング *dragues* のあらゆる形態。クルージング＝快楽のさからいがたい渉猟、獲物を探すこと、ぶらつき、あちこち飛びまわる欲望への屈伏、時間の浪費のイメージそのもの。仕事の放棄がもっとも直接的で、もっとも俗悪な罪悪感を引き起こすケース。というのは、おそらく、〈絶対の目的として要請された〉〈作品の聖性〉にたいする欠如に加えて、宗教から受け継がれた、文化的なものの欠如がつけ加わる。あやまち、肉体の過失。〈色欲〉の葛藤（〈クルージング〉）／［……］a）極端に推しすすめられると、〈クルージング〉は生 vie のエクリチュールになる。クルージングは〈時間〉の領土に〈傷をつけ〉、記入し、線を引き、そこを占める、——記入のエネルギーによって、完全に倒錯したかたちで（〈エクリチュール〉どころの話ではない）。というのはクルージングはなにも創造しないから〈それは〈子どもをつくらない〉〉。b)〈クルージング〉は経験することができる、──探索として、〈イニシエーション〉として、──おなじアレゴリックな構図をもつことができる。〈エクリチュール〉とはそれである。↓同形のふたつの力の葛藤。

これはもうほとんど倒錯者の〈クルージング〉を描いた偶景のシミュレーションに近いではないか？　プルーストの創造した稀代の男色家シャルリュス男爵の彷徨の（批評言語による）現代版？　シャルリュス氏がバルトに憑依してパリの夜に猟色している？　仮面で扮装したRBのお忍びの夜歩き？　しかも、自分の仮面を指さしながら？

こんなふうにバルトのテクストには、ホモセクシャルという共通のテーマとともに、プルーストが〈散種〉されていることに注意したい。そもそも『テクストの楽しみ』の「楽しみ」というタイトルが、プルーストの初期短篇集『楽しみと日々 *Les Plaisirs et les Jours*』の「楽しみ」を寓意するのはいうまでもない。

こうしたプルースト的な倒錯の偶景は、しかし日本論の『記号の国』（一九七〇年）にすでに散見されて、サモヨー（前掲伝記）によれば、そこには「あらゆる裏テクストが含まれ、彼の欲望のアヴァンチュール、解放された肉体の関係を、裏返しにして物語っているのだ」。

バルトはコレージュ・ド・フランスというパリの最高学府の聴衆を前に、（エクリチュールのパランプセストとしての）彼の悖徳のクルージングを披露したのである、――秘密と、その秘密を語る、危うい二重の操作を駆使して。

一方、『テクストの楽しみ』に戻ると、そのころはまだ最愛の母が読者として想定されていたからだろう、そこではRBの倒錯の告白はいっそう控えめに、それだけにいっそう繊細に、ホモセクシャルの身体を匂いたたせる。

ここではふたりの恋人が語らっている。相手はどうやらおしゃべりであるらしい。RBは彼のことを「おしゃべりなテクスト」とぼやいてみせる。RBはきわめて隠密なかたちで恋人（「彼」）の姿をあらわれさせる。

たとえばこんなふうに、――

なんにもすることがない、――こういう倦怠(アンニュイ)は単純なものではない。アンニュイからは（作品を、テクストを前にして）、苛立ちの、あるいは厄介払いの仕種をもって、身を退かせるとは限らない。テクストの楽しみがあらゆる間接的な創造を想定するのと同様に、おなじようにアンニュイは、いかなる自発性をも価値あるものとみなすことはできない。誠実なアンニュイなどというものは存在しない、――もしも個人的に、おしゃべりのテクストが私を退屈させるとするなら、それは実際に私が相手の要求を愛していないからである。しかし、もしも私が彼を愛しているとしたら（もしも私がいくらかの母性的な嗜好を有するとしたら）？ アンニュイは歓びから遠いものではない。それは楽しみの岸辺から眺められた歓びなのである。（Ennui［倦怠（アンニュイ）］）

けだるい姿態で寝そべるふたりの同性愛者がほうふつとする。歓びと倦怠が交錯して無類のバルテジアンな音楽を奏する。もうひとつ例をあげると、——

愛する人といっしょにいて、ほかのことを考える。そんなふうにして私はもっとも良き思考を手に入れ、仕事に必要なもっとも良きものを考え出す。テクストについても同様だ。間接的に自分を聴きとらせるようになると、テクストは最良の楽しみを私のなかにつくり出す。テクストを読みながら、しばしば顔をあげ、ほかのことを聴くようになる。かならずしも楽しみのテクストに捕獲されるわけではない。それは軽やかで複雑な、手入れされて、ほとんど軽率なおこないであればいい。頭の突然の動きとか、私たちが聴いているものをなにも聞いていない、私たちが聞いていないものを聴いている、一羽の小鳥の動きのような。（Écoute［聴いている］）

これはもう一篇の詩か歌のように描かれた恋人たちの偶景である。ここではバルトは彼の嫌悪する〈意味〉の鳥黐(とりもち)から可能な限り身を引きはなしている。しかし一方では、詩や歌からも節度のある距離をとっている。バルトはぎりぎりのところで批評のスタイルを手放さない。彼は抑制することによって、慎み深いカップルのポートレイトを描き出す。ソンタグがバルトに指摘したエレガンスがある、――「十八世紀末のダンディ以来流行する、広い意味での審美家の理想」(前掲『書くこと、ロラン・バルトについて』)。その典型、あるいは頂点が、ボードレール、コクトー、そしてバルトだろう。プラトンの対話におけるように、とソンタグはつづける、――「思索者(作家(エクリヴァン)、読者、教師)と恋人――バルテジアンな自己のふたつの大きなフィギュールだ――は、一体になり結ばれる」。

エクリチュールとクルージングという「同形のふたつの力」(一九八〇年一月十二日の講義、前出)のおもむくところ、――死の二か月前、一九八〇年一月十九日のコレージュでの講義では、「作品としての生」というタイトルのもとに、作者と伝記への回帰、プルースト、ジード、生のエクリチュールを述べて、「*VITA NOVA*」のタイトルに移り、ランボーの「見者の手紙」を引いて、その他者の発見にふれ、男色を〈脱色〉して〈ニュートラル〉な、つぎのような flâneur の肖像を、その自伝的エピソード、『サド、フーリエ、ロヨラ』の序にいう〈伝記素 biographèmes〉、別名〈偶景〉に託して、かなり唐突に（ラプソディックに）、「私はといえば」と語り出す、——

私は、大都市の真っただなかで、まったく引きこもった、世間から隔離された場所についてのファンタスムを抱いている。私は田舎も地方も好きではない。私の理想、それは大都会のなかの、人目につかない、ほとんど秘密のエリアである。それゆえ、パリは私に都合がいいのだ。中心街と鄙びた区域のあいだで、迅速で大胆な転調のある街、サン・ジェルマン・デ・プレと私の街（鄙びた）のあいだにあって、サン・シュルピス広場（数メートルのところにある）には、ハ長調から嬰へ短調へ移行するのとおなじくらい困難な、しかし成功した転調がある。——あるいはまた、いま述べたファンタスムにきわめて近いが、〈潜行〉のファンタスムがある。大都市に〈潜行〉して、突如として、よく知らない街角に自分を見出すことほど、官能的なことはない（東京がこういう官能にうってつけだ）。おなじタイプのもので、パリのまったく別のカルティエのホテルに二週間ほど隠れ住むというファンタスムもある。姿を消す、しかもすぐ近くで。というのは、サン・シュルピスの（すなわちサン・ジェルマンの）人間にとっては、たとえば映画館、たとえばレプュブリック広場の近くの〈タンプリエ〉が開くのを待ちながら、別のカルティエのカフェのカウンターにコーヒーを飲みにゆくだけで、完全な異郷体験をするのに充分なのである。

Citadin（都市生活者）バルトのこのうえなく美しいセルフ・ポートレイトである。『テクストの楽しみ』に見出される〈偶景〉——たとえば、「ある晩、バーでうとうとしながら」ではじまる、タンジール広場のざわめきを語る場面（Phrase［文］）を拡大し、深化させれば、いま引用した『小説の準備』の flâneur を集成した肖像にゆきつくのだが、これはもはや偶景というより、ほとんど小説の一景である。いや、どんな小説より興味深い小説である。

こんなテクストを書く人はもう小説を書く必要はない。おそらくバルトはそんなことは百も承知で、ロマンという仮構のプレテクストを掲げたのである。

バルトは生涯ロマンを書くことを夢みたといわれるが、一九七七年（母の没年）にスリジー・ラ・サールで開かれた、『プレテクスト　ロラン・バルト』と題したシンポジウム（Colloque de Cerisy）で、こんなことを言っているのを忘れることはできない、——

ロマネスクというのはね、原則としてすでに書かれているんだ。それはすでに書かれたもののなかに存在しているんだよ。だから、残されているのは、本当に、文字どおり、書くべく残されているのは、それはロマンだよ。そして実際の話、それがいま私の前にあるものなんだ。（傍点引用者）

ここに演者バルトの仕かけた高度に巧妙な偽装を読みとらずにはいられない。ロマンというのは、バルト自身が自分（と読者）に仕かけた囮（おとり）――擬似餌のようなものだった。彼は自分「の前に」ロマンという名の煙幕を張って、そこに自分の肉体を湮滅しようとしている。彼はこのときすでに「潜在的な小説家 romancier en puissance」、「〈小説〉なしの〈小説家〉Romancier sans Roman」だった（引用はベルナール・コマン『ロラン・バルト、ニュートラルの方へ』［一九九一年］より）。

リシャールがいうように、「小説なるものは、準備の紆余曲折のなかへと逃げ込んで」しまったのだ（『ロラン・バルト最後の風景』［二〇〇六年］）。ひと言でいえば、『小説の準備』という名の〈小説〉を書いていたのである。

おなじシンポジウムの参加者が、バルトはベストセラーになった『恋愛のディスクール・断章』で最初の小説を発表したところだ、と発言したところ、ロブ＝グリエが口をさしはさみ、とんでもない、「彼は五番目か六番目の小説romanを発表したところだ」と反論したというが（カルヴェ『ロラン・バルト伝』）、これがバルトにおける小説の問題の真実に近いのである。

RBは『テクストの楽しみ』を起点として、『バルトによるバルト』、『恋愛のディスクール・断章』、『明るい部屋』と、偶景からなるテクストを書きつづけて、一九八〇年、『小説の準備』の終章にいたり、最後のエクリチュール、最後の声を残した、といえよう。「バルトは教えることを遊戯に、読書をエロスに、エクリチュールを誘惑に比較することをやめなかった」とソンタグは伝える。そして「彼の声は、その〈粒子〉をますますたしかなものにして、ますます個人的なものになっていった」と（前掲「書くこと、ロラン・バルトについて」）。バルトの声、彼の「ブランドであり、落款ともなった」「美しい声」（サモヨー、前掲伝記）、——「異邦の女Étrangère」と彼に名づけられたクリステヴァが、その〈ロランディスム〉[3]の小説『サムライたち』（一九九〇年）で、「書物と孤独につちかわれた気品をただよわせるあのメロディー」、「声のきめと呼ぶことを彼が好んだあの音色」を、彼は講義の場で残したのではないか。

「コミュニカシオン」誌36号（一九八二年）のロラン・バルト追悼「バルトの声」で同じクリステヴァが、「硬質なもろさのあるあの声のメロディーは、面とむかって話しているときでも、慎み深い話をかわしているにもかかわらず、ふたりの距離にもかかわらず、肉体的な接触の力を与えてくれる。あなたに話しかけるその人は、意味の向こう側にある言葉をゆだねてくれる。その無－意味の、その声の意味－以上のものの振動の力だけで、彼みずからの全生涯と彼の身体をうち明けてくれる」と評した、「あなたに話しかける」あの声を。

クリステヴァの盟友であり、伴侶であり、夫であるソレルスが、自分の小説『H』に関するバルトの批評（『作家ソレルス』）を思い出しながら、バルトとソレルスに共通するオーラルな文芸の伝統を語り、「本には耳を傾けなければならない」と言った（『ロラン・バルトの友情』）、その本の声を。

バルトは『テクストの楽しみ』のコーダとなる終章を、「大きな声で読むエクリチュール」で締めくくったのだった。声のエクリチュールについて彼はこう書いた、——

それは皮膚のつづれ織りになった言語、喉の粒々、子音の艶、母音の肉感性、ふかぶかとした肉体のステレオを聞くことのできるテクストである。身体の、口舌の調音であって、意味の、言語の調音ではない。ある種のメロディーの技法がこういうヴォーカルなエクリチュールのアイディアを与えてくれる。［……］（声が、エクリチュールが、動物の鼻づらのように、フレッシュで、しなやかで、すべりがよくて、細かくざらざらして、振動してくれますように)、――意味内容(シニフィエ)をうんと遠くへ打っちゃり、いうならば、役者の匿名の身体を私の耳に投げ込んでくれるとよい。そいつ[ça イド]はね、粒々してるんだ。ぱちぱちはねる。愛撫する。ラップする。ブツブツ切る。――やつはね、よがるんだよ。(Voix[声])

『小説の準備』のロラン・バルトは、この『テクストの楽しみ』ラストで慫慂する声 voix のエクリチュールを実現している。彼はコレージュ・ド・フランスで『小説の準備』のノートに身をかがめ、「大きな声で読むエクリチュール」を実践しながら、彼の企図が刻々と成立していくのを耳でたしかめていたにちがいない。

声のエクリチュールを駆使するRBはさながらにミシュレの魔女である(RBがもっとも愛した自著は「小さな本」の『ミシュレ』だった)。蜘蛛の巣のように声のテクスト、声の織物(ティシュ)を投網して、聞く者をたぐり寄せ、懐柔して、獲物(読者)を捕獲してゆく。

コレージュの講義には、ところどころ女の笑い声が混じる。バルトの〈追っかけ〉の女たちだろう。エリック・マルティは書いている、――「私が驚いたのは、バルトを追いかけまわす、多かれ少なかれ気違いじみた女たちの、人数の多さだった」、「概してバルトは、狂気や狂人にたいして奇妙な関係をもっていた。非常に恐れていた。すでに述べたあの女たち

――うるさくつきまとう有害なハエたち――が、もちろんいたし［……］」（「ある友情の思い出」）。

マルティはこう言うが、うがった見かたをすれば、バルトはこれらの彼のとり巻きたち、愛すべきエリーニュスたちを、わざとコレージュの講義に声優として登場させた気配がある、――花を添えるようにして、多声空間を演出するために。RBの出発点にギリシャ悲劇やブレヒトの演劇があったことは周知だろう。彼は根っからの演者だった。ソンタグは『バルトによるバルト』を引いて、なんらかの演劇をあつかっていないような自分のテクストはひとつもない、とバルトは断言したと書いている（前掲書）。マルティにたいしてさえ、ワルキューレの女戦士たちを怖れるフリをしたと考えられる。

だれもがバルトというジョーカーに、いっぱい喰わされているようだ。彼は何度も聴衆を笑わせる。バルトの評論に底流するユーモアを耳で読む思いがする。ロラン・バルトとは、文芸評論で読者を笑わせる才能の持ち主だった。完璧に自分をコントロールした役者を見ている（聴いている）ようだ。

RBはときどきノートから目をあげ、つけ加えたり、脱線したり、飛ばしたり、余談にふけったりする。それらすべての追加や注解や補遺や逸話を、歓びをもって喉に通し、耳にする、魔女のようなエクリヴァンがここにいる。

『テクストの楽しみ』は最終章 Voix（声）にいたり、一巻を振り返り、要約しながら、そういう自画像、そういう作家（エクリヴァン）の発見を告げるのである。

（1） *La PRÉPARATION DU ROMAN* Notes de cours et de séminaries au Collège de France 1978-1979 et 1979-1980, Seuil/IMEC, 2003. これには既訳（石井洋二郎訳、筑摩書房、二〇〇六年）があるが、文脈の関係もあって、本解説では私訳をもちいた。その他の引用に関しても、本解説においては、翻訳のあるものは適宜参照し、原則として私訳を使用したことをお断わりしておく。

（2） 本書の英訳者リチャード・ミラーはタイトルを *The Pleasure of the Text* と訳し、「歓び jouissannce」を「bliss」と訳した。ジョナサン・カラーによれば、これは「残念」な訳で、カラーは ecstacy の訳語を宛てた。富山太佳夫訳のカラー『ロラン・バルト』では「bliss」は「至福」と訳され、「残念ながら、英訳では「至福」となっている」とある。

（3） 〈ロランディスム rolandism〉とは、ロラン・バルトのいわゆる〈伝記素 biographème〉にたいする読者の特殊な関心を指す。作家マルセル・プルーストの伝記にたいして読者が抱く関心、すなわち〈マルセリスム marcelism〉の転用。

謝辞　本書は同じみすず書房から出版された『ランボー全集　個人新訳』につづいて、同社の浜田優氏の繊細かつシャープな編集によって一書となるものである。同氏に深甚なる謝辞を呈します。

二〇一六年十二月十二日

鈴村和成

著者略歴

(Roland Barthes, 1915-1980)

1915年フランスのシェルブールに生まれ，幼年時代をスペイン国境に近いバイヨンヌに過す．パリ大学で古代ギリシア文学を学び，学生の古代劇グループを組織，結核のため1941年から5年間，スイスで療養生活を送りつつ，初めて文芸批評を執筆する．戦後はブカレストで図書館勤務，アレクサンドリアでフランス語の講師．帰国後，国立科学研究センター研究員，1954年に最初の成果『零度のエクリチュール』を発表．その後，高等研究院教授を経て，1977年からコレージュ・ド・フランス教授．1975年に彼自身が分類した位相によれば，(1) サルトル，マルクス，ブレヒトの読解をつうじて生まれた演劇論，『現代社会の神話（ミトロジー)』，(2) ソシュールの読解をつうじて生まれた『記号学の原理』『モードの体系』，(3) ソレルス，クリテヴァ，デリダ，ラカンの読解をつうじて生まれた『S／Z』『サド，フーリエ，ロヨラ』『記号の国』，(4) ニーチェの読解をつうじて生まれた『テクストの楽しみ』『彼自身によるロラン・バルト』などの著作がある．そして『恋愛のディスクール・断章』『明るい部屋』を出版したが，その直後，1980年2月25日に交通事故に遭い，3月26日に亡くなった．

訳者略歴

鈴村和成〈すずむら・かずなり〉1944年生まれ．東京大学フランス文学科修了．元横浜市立大学教授．著書：『ランボー叙説』『ランボーのスティーマー・ポイント』『境界の思考』『バルト テクストの快楽』『ランボー，砂漠を行く』『ヴェネツィアでプルーストを読む』『ランボーとアフリカの8枚の写真』『テロの文学史』『三島SM谷崎』ほか多数．

ロラン・バルト
テクストの楽しみ
鈴村和成訳

2017年 1月13日 印刷
2017年 1月25日 発行

発行所 株式会社 みすず書房
〒113-0033 東京都文京区本郷5丁目32-21
電話 03-3814-0131(営業) 03-3815-9181(編集)
http://www.msz.co.jp

本文組版 キャップス
本文印刷所 精興社
扉・表紙・カバー印刷所 リヒトプランニング
製本所 松岳社

© 2017 in Japan by Misuzu Shobo
Printed in Japan
ISBN 978-4-622-08566-9
[テクストのたのしみ]
落丁・乱丁本はお取替えいたします

書名	著者・訳者	価格
ラシーヌ論	R.バルト 渡辺守章訳	5400
批評と真実	R.バルト 保苅瑞穂訳	2500
サド、フーリエ、ロヨラ	R.バルト 篠田浩一郎訳	3600
新＝批評的エッセー 構造からテクストへ	R.バルト 花輪光訳	2900
恋愛のディスクール・断章	R.バルト 三好郁朗訳	3800
ロラン・バルト 喪の日記	R.バルト 石川美子訳	3600
書簡の時代 ロラン・バルト晩年の肖像	A.コンパニョン 中地義和訳	3800
ロラン・バルトの遺産	マルティ/コンパニョン/ロジェ 石川美子・中地義和訳	4200

（価格は税別です）

みすず書房

ロラン・バルト著作集

全10巻

1	文学のユートピア 1942-1954	渡 辺 諒訳	5200
2	演劇のエクリチュール 1955-1957	大野多加志訳	4200
3	現代社会の神話 1957	下澤 和義訳	品切
4	記号学への夢 1958-1964	塚本 昌則訳	5200
5	批評をめぐる試み 1964	吉村 和明訳	5500
6	テクスト理論の愉しみ 1965-1970	野村 正人訳	5000
7	記号の国 1970	石川 美子訳	品切
8	断章としての身体 1971-1974	吉村 和明訳	続刊
9	ロマネスクの誘惑 1975-1977	中地 義和訳	5200
10	新たな生のほうへ 1978-1980	石川 美子訳	4200

（価格は税別です）

みすず書房